AF595539

PAPIER
FRESSERCHEN
MIM-VERLAG
DIE BÜCHER MIT DEM DRACHEN

Impressum:

Alle weiteren Personen und Handlungen des Buches sind frei erfunden.
Ähnlichkeiten mit lebenden oder verstorbenen Personen sind
zufällig und nicht beabsichtigt.

Besuchen Sie uns im Internet:
www.papierfresserchen.de

Mühlstr. 10, 88085 Langenargen
Tel.: 07543/9081356
info@papierfresserchen.de

Erstauflage 2021

Cover gestaltet mit Bildern von Dani Karl-Lorenz
Druck: Booksfactory, Polen

Lektorat und Herstellung: CAT creativ - www.cat-creativ.at

ISBN: 978-3-96074-384-2 - Taschenbuch
ISBN: 978-3-96074-385-9 - E-Book

Die Abenteuer des Katers Casar

Gedachtes und Gedichtetes

Prosa und Lyrik von

Dani Karl-Lorenz

Inhaltsverzeichnis

Die Abenteuer des Katers Casar

Gedachtes und Gedichtetest

Casar findet ein neues Zuhause

Bei Familie Maier ging es heute hoch her. Die Katzen Filou und Mizzie spürten, dass etwas passieren würde, sie waren sehr unruhig. Filou war ein wunderschöner grau gestreifter Kater und sehr groß. Mizzie war eine weiße Langhaarkatze und wurde von allen nur *Prinzessin* genannt. Die beiden Katzen lebten schon eine längere Zeit bei der Familie Maier. Zur Familie Maier gehörten Herr Maier, er war aber viel beruflich unterwegs und oft nicht zu Hause. Frau Maier war zu Hause und versorgte die Katzen, den Haushalt und sie sorgte sie für Benjamin. Benjamin war acht Jahre alt und ein richtiger Katzenfreund.

Die Katzen der Familie Maier liebten Benji, wie er von allen nur genannt wurde. Aber auch jede andere Katze, die ihn sah, fing sofort zu schnurren an und ließ sich von ihm streicheln. Alle Katzen merkten, dass Benji ein richtiger Katzenfreund war.

An diesem Tag aber gab es eine ganz besondere Überraschung. Frau Maier kam vom Einkaufen und als sie die Haustür öffnete, blickten die Katzen und Benji sie erstaunt an, denn alle drei hatten etwas miauen gehört. Und tatsächlich – tief in ihrer Jacke verborgen und kaum zu sehen, blitzte nur ein schwarzes Näschen aus der Jacke heraus und ein leise „Miau“ war zu hören.

Benji lief sofort zu seiner Mutter und schaute auf den kleinen Neuzugang. Aus der Jacke seiner Mutter nahm er einen kleinen schwarzen Kater entgegen, der auf der Brust und an den Pfoten kleine weiße Flecken hatte. Benji sah in zwei wundervolle grüne Katzenaugen und streichelte leicht über seinen Kopf. Der Kater miaute vertrauensvoll.

Frau Maier fragte Benji, wie der kleine Tiger denn heißen solle. Benji überlegte und schlug *Blacky* vor. Aber dann kam ihm der Name nicht richtig für das junge Katzenbaby vor. Seine Mutter holte unterdessen die Einkäufe aus dem Auto ins Haus, während Benji überlegte und überlegte. Ihm fiel der Name Felix ein, den verwarf er dann aber schnell wieder.

„Mama, Mama ich hab einen Namen für den kleinen Kater“, rief Benji schließlich begeistert. „Wie findest du Casar? Casar ist ein schöner Name für ihn.“ Seine Mutter war sofort begeistert von dem Namen Casar und so hieß der kleine Kater ab sofort *Casar*.

Die beiden Katzen Filou und Mizzie kamen langsam zu Benji, der Casar immer noch auf dem Arm hielt, und besahen sich den kleinen Kerl. Sie beschnupperten ihn und miauten einmal kurz auf – somit war Casar schon fast vollständig in der Familie Maier aufgenommen. Nur noch Herr Maier musste ihn begrüßen. Der kam abends aus seinem Büro zurück. Alle hörten das Türschloss und sahen Herrn Maier hereinkommen. Benji lief mit Casar auf dem Arm zu seinem Vater und zeigte ihm den kleinen schwarzen Kerl.

„Papa, Papa das ist Casar“, rief er aufgeregt. Der kleine Kater schnurrte glücklich in Benjis Arm und Herr Maier streichelte ihm über den Kopf. Casar war angekommen. Später aß Familie Maier das Abendessen und die drei Katzen ließen sich gemeinsam ihr Futter schmecken.

Casar wird groß

Es war jetzt bereits ein Jahr vergangen, seit Casar bei der Familie Maier und den anderen Katzen lebte. Er war ein wunderschöner junger Kater geworden, der allen sehr gefiel, die ihn sahen. Nun war es an der Zeit, dass er in den Garten gehen durfte. Vorsichtig setzte er die ersten Schritte auf die Terrasse und besah sich in Ruhe die Gegend um sich herum. Er hörte die Vögel zwitschern und zuckte mit den Ohren. Er sah Bäume und Blumen und roch das Gras der Wiese. Eine Biene flog zu einer Blume und er sah ihr neugierig dabei zu. Dann ging er vorsichtig weiter und weiter. Immer mutiger. Mizzie lag in der Sonne auf einem Stuhl und schlief. Filou kletterte auf einem Baum herum.

Herr Maier, Frau Maier und Benji beobachteten Casar, wie er die ersten Schritte im Garten machte. Alle lachten, als er einen Sprung nach vorne tat und dann schneller lief. Ein kleiner Vogel auf einem nahen Baum hatte seine ganze Aufmerksamkeit erregt. Er besah sich den Vogel auf dem Baum und schon kletterte er flink hinaus. Der Vogel flog davon. Immer weiter kletterte Casar auf den Baum hoch. Hoch oben saß er nun und wusste nicht mehr weiter. Benji war ihm nach geklettert, da er dort oben sein Baumhaus hatte. Benji saß nun auf dem Boden des Baumhauses und sah Casar zu, wie er den Baum erkundschaftete. Herr Maier ging ins Haus zurück und Frau Maier legte sich auf einen Liegestuhl, um sich ein bisschen zu sonnen. Alles war sehr ruhig.

Casar jedoch kletterte zurück zu Benji und in sein Baumhaus. Er war neugierig, was er da wohl finden würde. Nachdem er sich alles genau angesehen hatte, kuschelten Benji und Casar liegend auf dem Boden.

Dann kletterte Benji vom Baumhaus und dem Baum herunter und rief Casar. Dieser folgte Benji sofort, denn er hörte immer auf den Jungen. Sie gingen zu Herrn Maier ins Haus zurück, weil sie beide Hunger hatten. Benji holte sich einen Pudding und Casar fraß sein Trockenfutter. Nachdem beide satt waren, gingen sie wieder in den Garten hinaus. Benji schaukelte eine Weile und Casar sah sich den Garten näher an.

Als es dunkel wurde, rief Frau Maier alle ins Haus. Die Familie lag auf der Couch und schaute Fernsehen und die Katzen schliefen glücklich und zufrieden.

Casar on tour

Casar kannte den Garten mittlerweile in- und auswendig, als er beschloss, sein Revier zu vergrößern. Im Garten neben dem Garten der Familie Maier gab es sicher viel Neues zu entdecken. Noch saß Casar ruhig im Garten der Nachbarsfamilie und überlegte, was er als Nächstes anstellen könnte, als er ein wütendes Fauchen hörte. Erschrocken sah er auf – da stand eine rote Katze vor ihm und fauchte ihn sehr sauer an.

„Hallo“, sagte Casar zu der fremden Katze. „Ich bin Casar und wer bist du?“

„Geh raus aus meinem Garten“, fauchte die rote Katze und hieb mit ihren Krallen nach ihm. Eingeschüchtert ging Casar ein paar Schritte zurück und schaute, dass er schnell weiterkam. Hier gefiel es ihm gar nicht. Auf der Straße neben dem Garten kam er wieder zum Stehen und beruhigte sich langsam. „So eine unfreundliche Katze“, sprach er zu sich selbst.

„Ach, lass sie doch!“, hörte er da jemanden hinter sich sagen. „Sie ist eine alte Miesepeterin und niemand darf in ihren Garten rein.“

„Wer bist du?“, fragte Casar den dicken gestreiften Kater, der ihn gerade angesprochen hatte.

„Also ich bin Roger! Du wohnst mit Mizzie und Filou wohl bei den Maiers? Die Maiers sind große klasse, kann ich dir sagen. Filou hat viel erzählt von ihnen, auch, und wie gut es ihm geht ... seit, ja seit sein erstes Frauchen ihn nicht mehr haben wollte.“

Zusammen gingen die beiden Kater die Straße entlang und unterhielten sich über Filou. Roger erzählte ihm, dass Filou einst von seinem Frauchen ausgesetzt worden war und Herr Maier ihn gefunden hatte. Er nahm ihn mit nach Hause und bot ihm seitdem eine wunderbare Heimat. Roger schwärmte auch sehr von Benji und wie toll er einem den Rücken kraulen konnte. Casar war so stolz auf seinen Freund Benji und es freute ihn sehr, wie Roger von ihm sprach. Benji war schon eine Wucht, fand Casar.

Roger fragte Casar, ob er mit zu ihm in den Garten kommen dürfe und vielleicht auch mal das Haus der Maiers sehen könne. Casar hatte nichts dagegen und hoffte, dass es Herrn und Frau Maier recht war. So lud er Roger zu sich ein. Es sollte der Anfang einer wunderbaren Katzenfreundschaft werden, beide waren fast unzertrennlich.

Der Hund Kasimir

Casar war gerade wieder einmal mit Roger unterwegs, als ihnen Filou entgegenkam. „Leute, Leute stellt euch vor, bei den Müllers ist ein neuer Hund eingezogen“, rief er aufgeregt.

Die drei Kater saßen zusammen und Filou berichtete von dem Hund, der in seinen Augen so groß wie ein Schrank war. „Und er soll scharfe Zähne haben, die eine Katze sofort in Stücke zerreißen können. Außerdem bellt er so laut, dass einem die Ohren wehtun, wenn man sein Bellen hört.“ Filou war ganz aufgeregt.

Alle hatten nach dieser Erzählung fürchterlich dicke Gänsehaut, so sehr gruselte ihnen von dem Hund. Der Hund hörte übrigens auf den Namen *Kasimir*, wie Filou zu berichten wusste.

Casar fragte Filou, von wem er das alles denn wüsste und ob er den Hund Kasimir schon gesehen hätte?

Filou meinte darauf: „Meine Freundin Leni hat ihn bei ihrem Streifzug durch den Garten der Müllers gesehen, Sie hat sich sehr erschrocken, als Kasimir bellend auf sie zulief.“

Casar und Roger waren nun so richtig neugierig auf den Hund, der so groß wie ein Schrank sein sollte. Denn sie wusste: So ein Schrank war ja richtig groß! Beide machten sich also sofort auf den Weg zu den Müllers. Ob sie sich in den Garten trauen sollten? Vielleicht würden sie zufällig einen Blick auf Kasimir werfen können.

Alles war still bei den Müllers. Roger duckte sich und krabbelte zwischen dem Spalt in der Gartentür durch ... er würde schnell genug wieder draußen sein. Das wusste er nur zu gut. Casar tat es ihm vorsichtig nach. Nun standen sie im Garten und ... es war immer noch still.

Sie schlichen sich auf Katzenpfoten weiter und weiter. Immer noch nichts. War der Hund etwa spazieren? Waren sie umsonst hergekommen?

„Hallo ihr da!“

Die beiden Katzen erschraken sehr, als sie die Stimme im Schatten eines Baumes ausmachten.

„Hallo, darf ich mich vorstellen: Kasimir! Ich bin ein Berner Sennenhund und freue mich sehr über euren Besuch!“

Casar lachte erleichtert auf und Roger schluckte seine Angst hinunter.

„Hallo Kasimir, wir sind Casar und Roger!“, stellte Casar sich und Roger vor.

„Ich erzähle gerne Geschichten“, sprach da Kasimir „Wollt ihr eine hören?“

Die beiden Kater waren begeistert, setzen sich zu Kasimir und hörten ihm aufmerksam zu.

Der Hund erzählte von einem Wald, in dem die wilden Tiere an einem Bach Wasser tranken und wo die Sonne zwischen den Baumwipfeln leicht schien. Er erzählte und erzählte und so ging der Nachmittag vorbei und Casar bekam Hunger.

Roger knurrte auch schon das Bäuchlein und so verabschiedeten sie sich von dem Hund Kasimir.

Auf dem Nachhauseweg mussten beide sehr lachen. „Ja, ja, gefährlicher Hund, so groß wie ein Schrank.“ Beide lachten noch mehr. Sie verabschiedeten sich und trotteten zufrieden und glücklich nach Hause.

Casar geht baden

Casar durchstreifte schon den ganzen Nachmittag die Gärten in der Nachbarschaft, als er schließlich in den Garten der Familie Lurz kam. Dort gab es hohe Bäume, die viel Schatten spendeten, und so machte er erst einmal eine kleine Verschnaufpause. Ein Blubbern in unmittelbarer Nähe machte ihn stutzig. Was war das? Er ging dem Geräusch nach ...

Vor einem großen Teich machte er halt. Auf dem Teich gab es Seerosen, viele Seerosen. Dann blubberte es wieder. Diesmal sah er einen Goldfisch, der an der Oberfläche schwamm, um dann blitzschnell unterzutauchen. Jetzt war Casars Jagdfieber geweckt. Den Fisch wollte er sich unbedingt fangen.

Er hockte sich in die Nähe der Stelle, an der der Fisch an der Oberfläche erschienen war, und striegelte mit seiner Pfote das Wasser. Aber es war nichts mehr von dem Fisch zu sehen.

Immer mehr und mehr Fische fielen ihm auf. Ein wahres Fischparadies für so einen Kater wie ihn. Er striegelte und striegelte das Wasser erst mit der einen, dann mit der anderen Pfote. Richtig viel Spaß machte ihm das.

Plötzlich sah er einen kleinen Baumstamm. So schnell konnte man gar nicht schauen, wie Casar auf den Baumstamm sprang und versuchte, im Wasser die Fische zu fangen. Die Sonne stand hoch am Himmel und es war richtig heiß an diesem Sommernachmittagstag. *Schwupps* machte es plötzlich und mit einem großen Klatsch fiel Casar in den Teich. Mit lautem Miau und Gefauche paddelte er wütend ans Ufer.

Frau Lurz stand lachend im Garten, sie hatte die Casars Aktionen schweigend beobachtet, nur er hatte sie vorher nicht bemerkt.

Wenn Katzen einen roten Kopf bekommen könnten vor lauter Scham, so wäre der schwarze Kater jetzt puterrot im Gesicht. Wie peinlich, in den Teich zu fallen! Betroffen schlich er zurück in seinen Garten und wollte nie nie nie jemandem von seinem Missgeschick erzählen.

Hungrig fraß er sein Trockenfutter und legte sich dann in die Sonne, um sein Fell zu säubern. Benji sah ihn und schon kuschelten die beiden ausgiebig. Das wiederum tat Casar sehr gut.

Casar geht auf Libellenjagd

An diesem wunderbaren sonnigen Spätnachmittag saß Familie Maier draußen im Garten und die Katzen lagen faul in ihren Ecken. Benji spielte Nintendo DS und alle waren schläfrig faul. Frau Maier sonnte sich und Herr Maier las die Tageszeitung. Casar aber langweilte sich langsam und wusste nicht, was er anstellen sollte. Bienen summten an den Blumen und die Bäume spendeten Schatten. Die Schaukel von Benji wehte leicht hin und her. Eine leichte Brise ging und kühlte die Hitze etwas ab. Es war Hochsommer und die Sonne stand noch voll am Himmel. Eine Hummel brummte und die Fliegen sonnten sich.

Casar träumte gerade von wilden Katzenabenteuern, die er bestritt, als er eine Libelle sah. Dann gleich noch eine! Er wollte mutig die Libellen jagen und lief hinter ihnen her. Doch die Libellen stiegen in die Lüfte, um dann wieder tiefer zu fliegen. Wollten die beiden Libellen Casar ärgern? Ihm kam es so vor. Er machte einen Satz in die Luft und *hoppla,* war die Libelle wieder über ihm. Die andere Libelle flog an seiner Nase vorbei. Ihm fielen die Schmetterlinge, die um ihn herum tanzten, gar nicht mehr auf. Wieder sprang er in die Luft, denn die Libellen ärgerte ihn sehr. Er fauchte. Noch höher sprang er, aber die Libellen flogen weiterhin über ihm. Er setzte sich auf den Boden und sah dem Libellentreiben kurz zu.

Das war doch zum Verrücktwerden! Irgendwie musste es ihm gelingen, die Libellen zu fangen. Er sprang wieder hoch und landete wegen zu viel Schwung auf seinen Pfoten. Ein Miau war zu hören.

Benji lachte laut auf. Er hatte Casar beobachtet, nun ging er zu seinem Kater und streichelte seinen Rücken. Schnurrend strich der an den Füßen von Benji entlang.

Die beiden Libellen flogen jetzt richtig hoch. Mit einem Sprung war Casar auf dem Baum und striegelte nach den Libellen auf einem Ast. Er war inzwischen richtig wütend. Dann sprang er wieder vom Baum herunter, weil die Libellen am Boden flogen, doch als er landete, waren sie schon wieder in der Luft. Die beiden Libellen führten einen Casar-ärgern-Tanz auf.

Nachdem es noch eine Weile so hin und her ging, wurde es Casar schließlich zu viel. Er legte sich zurück in den Schatten, um von weiteren

Katzenabenteuern zu träumen – und darin ging es ganz sicher nicht um eine erfolgreiche Libellenjagd.

Bald darauf brachte Frau Müller Kaffee und Kuchen und für die Katzen stellte sie frisches Wasser hin. Gierig kamen die drei zum Wasserschüsselchen und tranken eifrig.

Am Abend lag Casar auf Benjis Schoß und ließ sich ausgiebig das Fell streicheln. Er schnurrte tief und war glücklich über sein Katzenleben. Im Bett erzählte Benji im noch eine Geschichte, bei der er gerne zuhörte.

Casar und Rufus

Schon seit Tagen lief ein schwarzer Kater in der Nachbarschaft herum, der fast so aussah wie Casar, und jagte Mäuse und Vögel. Er hieß Rufus und war ein bildschöner Kater. Drei Jahre alt – genau wie Casar – und ebenso frech. Man konnte glauben, dass Rufus vor nichts Angst hatte.

Eines Tages lag Casar auf der Mauer bei seinen direkten Nachbarn und ließ sich die Sonne auf den Pelz scheinen, als Rufus vorbeikam und ihn ansprach:

„Hey du da, du liegst auf meiner Mauer!" Rufus grinste frech.

Casar beobachtet ihn aus den Augenwinkeln und sagte darauf erst mal nichts. Gelangweilt begann er, sein Fell zu putzen. Immer wieder blinzelte er dabei allerdings zu dem vor ihm sitzenden Rufus hinüber.

„Du redest auch nicht mit jedem, was?", fragte da Rufus.

„Nein, warum sollte ich?", antwortete darauf Casar und putzte sich weiter.

„Kennst du die hübsche Minnie drei Häuser weiter? Sie wohnt seit vier Wochen bei Familie Lorenz. Sie ist die Katze von Reini, dem achtjährigen Sohn."

„Nein, kenne ich nicht." Casar blickte Rufus jetzt direkt an und fragte ihn: „Wollen wir mal zusammen hingehen und schauen, ob Minnie draußen im Garten ist?"

Die beiden schwarzen Kater machten sich auf den Weg.

„Minnie also", dachte Casar. „Na, mal schauen, was das für eine Mieze ist."

Im Garten der Familie Lorenz spielte Reini gerade mit einer Katze. Neben der Katze lag in einiger Entfernung eine weitere Katze. Scheinbar konnten die zwei sich nicht leiden. Sie ignorierten sich völlig. Die zweite Katze hieß Minou und putzte sich gerade sehr gelangweilt das Fell. Minnie war eine grau-weiß gestreifte Katze und ein richtiger Wildfang beim Spiel mit Reini.

Minou gefiel Rufus sehr, wie er Casar erzählte. Casar hatte nur Augen für Minnie. Wie sie mit dem Jungen tobte und spielte. Er konnte seine Augen nicht von der Katzendame lassen. Rufus war schon lange der heimliche Verehrer von Minou. Sie war eine dreifarbige Langhaarkatze, die so richtig edel war. Sie wusste allerdings auch ganz genau, wie sie aussah, und sie wurde daher von den Mitgliedern der Familie Lorenz nur *Prinzessin* gerufen.

Die beiden Kater schauten den Katzen noch eine Weile zu, dann gingen sie zurück in Casars Garten. Benji brachte ihnen Katzenstangen raus, die sie nach diesem Ausflug genüsslich verspeisten. Casar wunderte sich darüber, dass Benji und Reini Lorenz noch keine Freunde waren. Sie waren doch beide ja so Katzenfreunde.

Reini und Benji werden Freunde

Reini saß in seinem Garten, als Benji vorbeikam. Reini spielte gerade mit seinem Nintendo DS, als Benji in fragte, was er denn mache. Reini ging zum Gartenzaun und zeigte Benji sein Spiel. Benji kannte das Spiel, weil er es selbst hatte, und so beschlossen die beiden Jungs, gemeinsam zu spielen. Benji holte schnell seinen DS und schon saßen sie gemeinsam spielend im Garten im Schatten. Casar war Benji gefolgt, Minnie und Minou hatten es sich ebenfalls im Schatten bequem gemacht. Minou schlief auf einem Stuhl und Minnie jagte den Schmetterlingen hinterher.

Die beiden Jungen saßen auf einer Decke und spielten mit ihren Konsolen, sie waren richtige Kämpfer.

Casar stellte sich unterdessen Minnie vor: „Hallo, ich bin Casar!“, sagte er zu ihr.

„Hallo, Casar!“, antwortete Minnie und beide tollten bald darauf vergnügt im Garten herum. Frau Lorenz brachte den Jungs etwas zu trinken und den Katzen Schüsselchen mit Wasser. Die Jungs und die Katzen verstanden sich super gut.

Reini fragte Benji, ob er mit ihn sein Zimmer gehen wollt, und so gingen sie ins Haus, um dort weiterzuspielen.

Rufus, der gerade auf seinem Streifzug durch die Siedlung war, erblickte die Katzen im Lorenzschen Garten, sprang über die Mauer und lief zu ihnen. Durstig trank er aus dem Schüsselchen Wasser und fragte Minou, ob sie nicht vielleicht mit ihm ein wenig spazieren gehen wolle.

Minou willigte ein und so gingen sie gemeinsam auf Mäusejagd in der Umgebung. Seite an Seite jagten sie außerdem Schmetterlingen hinterher und liefen immer schneller durch die Gärten.

Während sie unterwegs waren, begegneten ihnen Filou und Mizzie. Die beiden fragten nach Casar und liefen schließlich gemeinsam mit Rufus und Minou zurück in den Garten der Familie Lorenz.

Reini und Benji lachten laut auf, als sie bei einem Blick aus dem Fenster die vielen Katzen im Garten sahen: Minou und Minnie, Casar und Rufus, Filou und Mizzie waren jetzt dort. Sie waren schon so etwas wie eine richtige Katzenclique. Lustig ging es zu und so beschlossen jetzt alle, zu Benji nach Hause zu gehen, weil Benji seinem neuen Freund Reini seine Spielsachen zeigen wollte. Es sah so aus, als ob die zwei Jungs und die Katzen in dieser kurzen Zeit echte Freunde geworden waren. Sah schon lustig aus, wie Benji und Reini und sechs Katzen zu den Maiers gingen.

Frau Maier bot den Jungs zu trinken an, nachdem Benji seiner Mutter den neuen Freund vorgestellt hatte. Und Rufus? Der sagte zu Casar, als alle Katzen verschwunden waren: „Hey, Kumpel, schön, dass es dich gibt!"

Minou, die Prinzessin-Katze

Minou, die Prinzessin-Katze, die Glückskatze,
möchte ich für Dich, oh Kind, ja sein!

Ich sehe DIR beim Schlafen zu,
ich bin die Prinzessin-Katze Minou,
und wenn Du schläfst in der Nacht,
dann gebe ich auf Deine Träume acht.

Auf leisen Pfoten schleiche ich
und mit meinen Schnurren störe ich Dich nicht,
und wenn Du Dich zur Seite drehst,
achte ich darauf, das Dein Traum nicht vergeht!

Mein Name ist Minou gar fein,
ich bin eine, Deine Katze klein,
Miau und schlau bin ich auch,
ich achte sehr auf Deinen Traum.

Von langem Fell bin ich wohl
und drei Farben finden sich darin,
denn ich bin eine kleine Glückskatze,
und Glück bringen ist in meinem Sinn.

Schlafe ruhig ein bei Nacht,
als Glückskatze einen glücklich Traum dir zu bringen
ist meine Sache,
da schiebe ich für Dich auch die Glückswache.

Was, Du kennst mich nicht?
Erinnerst Dich nicht an mich?
Dann schließe schnell die Augen fein,
und schon kann ich in Deiner Fantasie die Glückskatze sein.
Minou, die Prinzessin-Katze, möchte ich für Dich sein,

Dich glücklich machen jede Nacht,
als Glückskatze ich das mag,
dann träume schön in der Nacht,
ich halte stille da die Wacht
und gebe auf Deine Träume acht.

Gute Nacht!

Ein Tag mit Kasimir

Am nächsten Tag trafen sich alle Katzenfreunde beim Hund Kasimir, um sich zu beratschlagen, was sie an diesen sonnigen Tag gemeinsam anstellen könnten. Kasimir lag auf den Stufen der Veranda und die Katzen lagen um ihn herum. Er erzählte von heißen Sommertagen, an denen er mit seinem Herrchen durch Wiesen und Felder gelaufen und voller Übermut gewesen war, um das Stöckchen zu holen, das sein Herrchen für ihn weggeworfen hatte. Wie er im Wald mit seinem Herrchen spazieren gegangen war und wie die Vögel gesungen hatten. Wie er den wundervollen Duft von Hasen in seiner Nase wahrgenommen hatte, ihnen aber nicht nachjagen konnte, weil er an der Leine geführt worden war.

Casar, Rufus, Minnie, Minou, Mizzie und Filou lagen im Schatten um Kasimir herum und hörten ihm gebannt zu. Dann war für einige Katzen die Zeit gekommen, aufzubrechen, und so verabschiedeten sie sich – bis auf Casar und Rufus. Sie wollten noch mehr Geschichten von Kasimir hören. Die Tiere verstanden sich richtig gut und so erzählte Rufus bald von zwei Katzendamen, die recht frech waren und die anderen Katzen immer ärgerten.

Kasimir versprach sofort, sich für die Katzenclique einzusetzen, wenn die beiden einmal frech werden würden. Wer die zwei Katzendamen waren und wie sie hießen, wusste Rufus allerdings noch nicht. Er wusste nur, dass sie manchmal durch die Siedlung streunerten und dann ihr Unwesen trieben: Sie verschreckten Vögel und jagten sie auch. Und das im Gebiet der Katzenclique, die aber duldete keine Streuner-Katzen in ihrem Revier. Es waren ihre Mäuse, die nur sie jagen durften, und ihre Vögel, die sie ärgern durften, und nicht die Mäuse und Vögel von anderen Katzen. Sollten sich die zwei Streuner doch ein anderes Revier suchen.

Casar und Roger verabschiedeten sich von Kasimir und gingen zu Casar, wo sie mit Katzenmilch verwöhnt wurden. Frau Maier hatte ihnen ein Schüsselchen mit frischer Milch rausgestellt und sie tranken gierig.

Mizzie und Filou gesellten sich zu den beiden Kater und bald darauf schliefen alle eine Weile im Garten. Es war ein sehr heißer Sommertag, doch nicht mehr lange, dann würde der Spätsommer kommen und dann der Herbst. Noch aber lagen die Katzen faul im Schatten unter den Bäumen im Garten. Hunger hatten sie keinen mehr. Sie bekamen von Frau Maier immer eine gute Portion Fressen.

Benji lag auf einer Liege und las ein Buch über Dinosaurier. Dann kam Reini vorbei und fragte Benji, ob er nicht mit ihm im Schwimmbecken baden kommen wollte. Die Jungs gingen zu Familie Lorenz und bald konnte man ihr Lachen durch die ganze Siedlung hören. Im kalten Nass hatten die zwei Jungs jede Menge Spaß. Es war schon später Nachmittag, als Benji vom Spielen mit Reini heimkam.

Später im Bett lag Casar bei Benji und dieser erzählte ihm von dem tollen Tag und wie froh er war, in Reini so einen guten Freund gefunden zu haben, mit dem das Toben richtig viel Spaß machte.

Spätsommer in der Siedlung

Es war jetzt Spätsommer und die Katzenfreunde hatten jeden Tag viel Spaß zusammen und waren oft unterwegs. Verließ man die Siedlung, traf man gleich auf Wiesen und Felder und ging man ein Stück weiter, war da ein großer Wald. In der kleinen Stadt, in der die Geschichte spielt, waren viele Siedlungen wie die von Casars Familie und der Ort hatte auch eine Altstadt. In den Siedlungen, die um die Altstadt und das Schulgebiet lagen, lebten viele Familien, Katzen und Hunde und noch viele anderen Haustiere in den Wohnungen und Häusern: Wellensittiche und Nymphensittiche, Papageien, Hamster, Hasen oder Meerschweinchen. Die Familie waren alle sehr tierfreundlich. Es war eine schöne kleine Stadt, in der man sehr friedlich leben konnte. In der Altstadt gab es eine große Kirche und kleinere und größere Läden, in denen man schön einkaufen konnte. Neben dem Schulgebiet gab es noch ein kleines Industriegebiet, wo man in Supermärkten alles bekommen konnte, was man brauchte. In dieser friedlichen Stadt konnte man sehr gut leben.

Unsere Katzenclique war übermütig und so wollte sie zu den Feldern laufen, um zu jagen. Die Katzen machten sich auf den Weg und liefen die Straße der Siedlung entlang direkt auf die Felder zu. Dort gab es eine größere Auswahl an Mäusen, die sie jagen konnten. Oh, wie jagten sie lebenslustig durch die Felder. Roger und Casar jagten um die Wette hinter einer Maus her, die aber schnell verschwand. Beide lachten vor Freude laut auf.

Die Zeit verging wie im Fluge. Benji und Reini kamen ihnen schließlich mit den Fahrrädern entgegen und sie sausten die Straße entlang, dass man ihnen nicht nachschauen konnte, so schnell waren sie.

Es war der erste Schultag gerade erst vorbei, Reini und Benji gingen jetzt gemeinsam in die 2. Klasse. Benjis Geburtstag war auch schon vergangen und er hatte Reini und einige Klassenkameraden zu seiner Feier eingeladen. Es war übrigens eine sehr lustige Feier.

Benji und Reini waren jetzt die allerbesten Freunde. Sie verbrachten viel Zeit mit gemeinsamem Lernen und Spielen. Sie waren fast schon jeden Tag zusammen. Sie saßen auch in der Schule in einer Bank nebeneinander.

Die Familien Maier und Lorenz hatten sich auch in der vergangenen Zeit sehr angefreundet und so trafen sich die Familien und die Jungs oft zu gemeinsamen Ausflügen oder Unternehmungen. Es war eine wunderbare Freundschaft.

Reinis Mutter war geschieden und hatte einen neuen Partner. Er lebte in einer anderen Wohnung in der Stadt. So lebten Reini und seine Mutter in dem Haus in der Nähe von Benji. In dem Haus lebte auch noch Reinis Oma und der Freund seiner Oma. Es war ein großes Haus mit einem großen Garten für die Katzen.

Reini und seine Katzen

Reini lag auf der Couch und seine beiden Katzen Minou und Minnie lagen neben ihm. Er hatte die Hausaufgaben gemacht und schaute jetzt seine Lieblingssendung im Fernsehen. Die Katzen sahen ihm zu und kamen abwechselnd immer wieder zum Schmusen vorbei. Reini liebte Katzen über alles. Wie jedes Wochenende würde sein Vater heute kommen und ihn mit zu sich nehmen. Sein Vater wohnte 30 Kilometer von ihm entfernt. Bei seinem Vater gab es ebenfalls Katzen. Dort lebten Rufus und Tinka. Reini liebte seinen Vater sehr und freute sich immer auf die Wochenenden, an denen er bei ihm sein konnte.

Seine Eltern waren schon eine Zeit lang geschieden und lebten getrennt in anderen Städten. Unter der Woche war er bei seiner Mutter, weil er dort zur Schule ging, und am Wochenende war er bei seinem Vater. In der Stadt, in der sein Vater lebte, lebten auch Reinis Großeltern. Reinis Mutter und sein Vater verstanden sich trotz der Scheidung immer noch gut. Insgeheim aber wünschte sich Reini manchmal – wie wahrscheinlich jedes Scheidungskind –, dass die Eltern noch einmal zusammenleben könnten.

Reini sah sich gerade seine Lieblingssendung im Fernsehen an, Benji leistete ihm Gesellschaft. Die beiden Jungs wollten anschließend draußen im Garten schwimmen gehen. Warm genug war es an diesem Tag dafür auf jeden Fall noch. Laut lachend planschten sie wenig später im Wasser.

Reinis Katzen Minou und Minnie lagen im Garten im Schatten. Im Haus gab es noch zwei alte Katzen, die es liebten, im Schatten zu liegen. Die Katzen Mimi und Herr Schröder gehörten Reinis Oma. Mimi und Herr Schröder waren beide schon Katzen-Senioren und spielten mit den anderen Katzen nicht mehr so eifrig. Manchmal saß Herr Schröder draußen und andere Katzen aus der Clique hörten seinen Abenteuern zu, die er als junger Kater erlebt hatte. Die Siedlung, in der Reini und Benji lebten, war also wirklich eine richtige Katzensiedlung. Scherzhaft nannten Reini und Benji die Siedlung deshalb oft ihr Katzenviertel. Es war schon früher Abend, als Benji sich verabschiedete und nach Hause ging. Draußen wehte bereits ein frischer Wind – der Vorbote für den Herbst, der bald kommen würde. Die Blätter würden langsam von den Bäumen fallen und nach dem Herbst würde der Winter kommen und überall läge Schnee.

Hund Kasimir beim Tierarzt

Roger war ganz aufgeregt, als er zu Casar lief. „Casar, stell dir vor! Casar, du wirst es nicht glauben! Kasimir ist eben vom Tierarzt nach Hause gekommen."

Casar war jetzt genauso aufgeregt wie Roger und beide liefen sofort zu Kasimir. Dieser lag auf der Veranda und hatte den Kopf auf den Pfoten. Eine Pfote hatte einen Verband. Casar fragte sofort, was passiert war. Roger sah erst Kasimir, dann Casar neugierig an. Immer wieder ging sein Blick von Kasimir zu Casar und wieder zurück.

Kasimir erzählte beiden, dass er beim Laufen ausgerutscht war und sich seine Pfote verstaucht hatte. Er erzählte, wie schlimm es für ihn gewesen war, zum Tierarzt zu müssen, und wie verängstigt er gewesen war, als er das gehört hatte. Sein Herrchen hatte nämlich sofort einen Termin beim Tierarzt gemacht und war mit Kasimir dorthin gefahren.

Der Hund erzählte von den vielen Gerüchen im Wartezimmer der Tierarztpraxis, die er nicht so gerne roch, und von den Tieren, die außer ihm im Wartezimmer gewartet hatten. „Ein anderer Hund wartete darauf, dass er eine Impfung bekam", berichtete Kasimir, „und zwei Katzen lagen in einem Katzenkörbchen." Aber keines der Tiere hatte mit Kasimir gesprochen. Er hatte still neben seinem Herrchen, den Kopf neben den Pfoten, gelegen und sein Herz hatte wie wild geklopft, als er warten musste.

Als die Arzthelferin kam, bat sie Kasimir und sein Herrchen schließlich in das Untersuchungszimmer. Der Tierarzt und die Arzthelferin hoben den Hund auf den Untersuchungstisch und der Arzt untersuchte erst Kasimir, dann seine Pfote. Er stellte fest, dass die Pfote verstaucht war, und so legte er ihm den Verband um. Zuvor hatte er ihm die Pfote rasiert und mit einer Heilcreme eingeschmiert.

„Ich war so froh, als ich wieder auf dem Boden stand, und habe dann mein Herrchen nur mit großen braunen Augen angeschaut", berichtete er weiter. „Mein Herz hörte erst wieder auf, so wild zu schlagen, als ich völlig erschöpft auf der Veranda unseres Hauses lag und meinen Kopf auf die Pfoten legen konnte. Mein Herrchen kam noch ein paar Mal und streichelte mir den Kopf, dann schlief ich ein bisschen und träumte vom Tierarzt und was vorhin geschehen war."

Nun aber freute er sich aufrichtig, seine Freunde Casar und Roger zu sehen. Die zwei Kater bewunderten Kasimir für seine Tapferkeit und machten *Miauuuuu* wegen seines Verbands an der Pfote.

Daheim im Bett dachte Casar noch lange über einen Kasimirs Besuch beim Tierarzt nach. Auch er hatte große Angst vor dem Tierarzt, weil er schon öfter eine Spritze bekommen hatte, wenn er geimpft werden musste. Er wusste auch, dass er bald wieder zum Tierarzt musste, aber er wusste auch, dass es für Katzen und Hunde sehr wichtig war, geimpft zu werden. Das hatte ihm Benji schon sehr oft erklärt.

Der Abend ging und die Nacht kam und Casar schlief sehr unruhig. Immer wieder träumte er vom Tierarzt. Er wachte auf und kuschelte sich dann ganz eng in Benjis Arme. So konnte er besser schlafen und wurde erst wieder wach, als der Wecker läutete.

Der Herbst ist da!

Die Blätter fielen von den Bäumen und Casar hatte seine Freude daran, mit ihnen zu spielen. Er jagte ausgelassen hinter den Blättern her. Man merkte deutlich, dass der Herbst mit großen Schritten ins Land zog. Die beiden Jungen Benji und Reini ließen im Wind schon ihre Drachen steigen und fuhren lange mit den Fahrrädern durch die Siedlungen und zum Spielplatz. Die besten Freunde unternahmen viel miteinander.

Es war an der Zeit, dass Benji mal mit zu Reinis Vater in die Nachbarstadt fahren konnte, denn der Vater hatte beide Jungen zum Übernachten eingeladen. Es war das erste Wochenende, an dem Benji bei Reini und seinen Vater schlafen durfte, und die Jungen freuten sich sehr darüber. Auch Reinis Vater freute sich auf das Wochenende gemeinsam mit den Jungen.

Bei Reinis Vater waren viele Spielsachen und es gab einen großen Garten mit einem gigantischen Trampolin. Die halbe Stunde Fahrt verbrachten die drei lachend und dann gab es erst mal was Leckeres zu essen. Reinis Vater machte für die drei eine gewaltige Portion Spaghetti mit Tomatensoße. Sie spielten Wettessen. Einer sagte: „Stopp", dann mussten alle so verharren und wer die schönste Grimasse machte, hatte gewonnen und durfte als Nächster Stopp sagen. Laut lachend ließen sie sich die Spaghetti schmecken.

Nach dem Essen gingen sie raus in den Garten und tobten herum. Sie sprangen auf dem Trampolin um die Wette.

Der Nachmittag ging schnell mit tollen und toben vorbei und dann war es schon Zeit fürs Abendessen. Sie schauten anschließend noch im Fernsehen ihre Lieblingssendungen. Reinis Vater baute im Wohnzimmer ein Zelt auf, in dem die beiden Jungen schlafen und bis zum Schlafen noch spielen konnten. Benjis Eltern hatten nämlich erlaubt, dass er von Freitag bis Sonntag bei Reinis Vater sein durfte. Als es dunkel wurde, erzählten sie sich im Zelt noch lustige Geschichten. Auch jetzt mussten sie wieder viel und lange lachen. Mit Taschenlampen leuchteten sie das Zelt aus. Sie schnitten Grimassen, wenn das Licht der Taschenlampe in ihre Gesichter fiel. Reinis Vater wünschte ihnen eine gute Nacht und ging mit einem guten Buch ins Bett. Sie schliefen sehr schnell tief und fest ein, der Tag war anstrengend gewesen.

Am nächsten Morgen gab es Cornflakes mit Milch und Kakao für die Jungs. Die Katzen bei Reinis Vater fraßen gierig ihr Frühstück. Sie hatten die Nacht über ebenfalls im Zelt geschlafen.

Das Wochenende ging viel zu schnell vorbei und alle drei wollten es so bald wie möglich wiederholen.

Zu Hause angekommen, wurden die Jungen von ihren Katzen gleich freudig begrüßt, Benji musste Casar ausführlich von seinem Ausflug berichten. Der Kater hatte ihn wirklich sehr vermisst und hörte gespannt zu. Minnie und Minou begrüßten Reini ebenfalls mit vielen Schmuseeinheiten.

Die Katzenclique unterwegs

Eines Tages versammelten sich die Katzen vor Casars Garten, um die Siedlung zu durchstreifen. Es war eine lustige Gruppe, die da durch die Gegend lief. Hätte jemand sie beobachtet, wie sie alle so friedlich nebeneinander liefen, so hätte er sicherlich laut lachen müssen. Casar und Roger liefen voran, Minou und Minnie und Filou folgten. Mizzie ließ sich mehr Zeit und lief gemächlich hinter allen her. Sie wurde immer wieder von den Blättern, die von den Bäumen fielen, abgelenkt. Manche Familien hatten ein großes Herz für die Katzen in der Nachbarschaft und stellen Leckerlis raus. Darauf spekulierten die Vierbeiner.

Bei den Jakobis fanden sie dann eine Schüssel mit Trockenfutter und so stillten sie ihren ersten Hunger. Plötzlich flog ein Flugzeug über sie hinweg und sie erschraken alle sehr. Es war ein ordentlicher Krach, der von dem Düsenjet ausging, – und Katzen mögen keinen Lärm.

Nachdem sie wieder auf der Straße waren, liefen sie um die Wette zu der großen Wiese, die in der Nähe lag, und spielten das Spiel *Wer jagt die erste Maus*. Roger lief wie von der Wespe gestochen durch die Wiese und Casar lachte auf.

Als sie genug gejagt und gespielt hatten, wollten sie Kasimir einen Besuch abstatten und eine seiner spannenden Geschichten hören. Sie sammelten sich um den Hund herum und er erzählte: „Als ich ein junger Hund war, ging ich mit meinem Herrchen mal in einen Wald. Direkt im Wald lag ein wunderschöner See und es war ein heißer Sommertag. So warf mein Herrchen immer wieder einen Stock in den See, den ich holen durfte. Das Wasser war wunderbar kühl und ich sprang voller Freude immer und immer wieder in den See hinein. Dann tobte ich über eine Wiese, die an den See grenzte, und es war ein wunderbares Gefühl der Freiheit in mir. Ich roch den Sommertag in meiner Nase und mein Fell glänzte im Sonnenlicht. Ich war ein schöner Hund, als ich noch jung war."

Casar antwortete darauf: „Du bist noch immer jung und ein schöner Hund."

Kasimir war jedoch schon elf Jahre alt und erinnerte sich inzwischen gerne an die schöne Zeit zurück. Sein Herrchen versorgte ihn noch immer sehr gut und er war dankbar, so einen Freund gefunden zu haben.

Familie Urban zieht aus

In der Siedlung gab ein großes Haus mit einem etwas kleineren Garten, in dem Herr und Frau Urban wohnten. Durch einen beruflich Umzug mussten sie dann die kleine Stadt verlassen. Die Katzen waren ganz aufgeregt, als sie am Umzugstag vor dem Garten saßen und sahen, wie die vielen Kartons aus dem Haus getragen wurden. Roger war ganz frech, setzte sich auf einen der vielen Kartons und sah interessiert zu. Herr Urban schleppte Kisten, Möbel und Kartons raus. Der Möbelwagen fuhr vor und nach einer langen Weile waren alle Möbel, Kisten und Kartons im Wagen verstaut. Es war bereits Abend, als der Wagen wegfuhr und Haus und Garten leer stand. Die Urbans hatten keine Tiere gehabt und die Katzen waren nun neugierig, wer wohl in dieses Haus einziehen würde.

Die Wochen vergingen, doch das Haus blieb leer.

Kasimir war es schließlich, der den Katzenfreunden eines Tages erzählte, dass der neue Besitzer bald einziehen würde. „Es soll eine Rassedame mit einziehen", wusste er zu berichten. Er hatte das von einem befreundeten Hund erfahren.

Herr und Frau Kowalski hießen die neuen Hausbesitzer und sie hatten eine Norwegische Waldkatze. Diese hieß Eleni und hatte schon bei Ausstellungen Preise gewonnen. Die Katzenclique wurde immer neugieriger auf diese Katze. Sie würde sicher sehr eingebildet und hochnäsig sein.

An einen Sonnentag im Herbst fuhr ein Möbelwagen vor und die Kowalskis kamen an – samt Rassekatze. Die Katzenclique versammelte sich wieder in der Straße und beobachteten alles ganz genau. In einem Katzenkorb musste also diese Eleni steckten, den hatten sie bald erblickt. Viel sehen konnten sie allerdings nicht. Der Korb wurde gleich von Herrn und Frau Kowalski ins Haus gebracht. Auch dieses Mal dauerte es wieder bis zum Abend, bis alle Möbel, Kisten und Kartons im Haus untergebracht waren. Die Katzen warteten immer noch sehr neugierig auf die neuen Besitzer des Hauses und hofften, sich bald mit Eleni anfreunden zu können. Was eine Norwegische Waldkatze war, wussten sie allerdings nicht. Sie alle waren normale Straßenkatzen. Keiner von der Clique war eine Rassekatze. Ob diese Eleni überhaupt in den Garten raus durfte oder ob sie eine Hauskatze war. Alle waren sehr gespannt.

Eleni

Die Katzenclique saß bei Kasimir und hörte seinen Geschichten zu, als eine grau-weiß-schwarz gemusterte Katze am Garten vorbeilief. Die Katzenfreunde hatten sie noch gar nicht entdeckt, weil sie so gespannt Kasimirs Geschichten zugehört hatten.

„Hallo, ihr da!“, machte sich Eleni bemerkbar.

Die Freunde sahen sie an und kamen dann auf sie zu. „Hallo, ich bin Roger und das sind meine Freunde Minou, Minnie, Filou, Casar und Mizzie“, stellte Roger sich und seine Freunde vor. Auch Kasimir kam auf Eleni zu und lud sie zu sich in den Garten ein.

„Nein danke“, sagte Eleni und mit hoch erhobenem Schwanz ging sie weiter. Sie war die Ruhe in Person und man merkte gleich, dass sie meinte, etwas Besseres zu sein. Diese Eleni war aber auch eine bildhübsche Katzendame!

Voller Eleganz lief sie die Straße entlang und besah sich erst mal in aller Ruhe die neue Siedlung. Sie ließ sich dafür ausgiebig Zeit. Sie kam an den vielen Häusern vorbei und machte sich mit ihrer neuen Umgebung vertraut. Eleni war sich bewusst, dass sie bildschön war. Ihre Besitzer ließen sie es jede Sekunde spüren. Im Haus hingen an der Wand all ihre Auszeichnungen, die sie gewonnen hatte. Sie hatte bereits als sehr kleines Kätzchen an solchen Wettbewerben teilgenommen. Ja, sie war wirklich eine bildschöne und edle Rassekatze. Ihr richtiger Name war Eleni von Hohenstätten. Sie hatte natürlich, wie es sich für eine Rassekatze gehörte, auch einen Stammbaum. Nun war also Eleni die erste Rassekatze in der Siedlung.

Die Katzenclique war sehr erstaunt über Eleni und die Freunde wussten nicht so recht, ob sich da eine Freundschaft bilden konnte oder eher nicht. Aber das würde alles noch die Zeit bringen. Vielleicht würde sie ja in den nächsten Wochen Mitglied der Katzenclique werden und mit ihnen gemeinsam auf Mäuse- und Vogeljagd gehen. Sie wollten sich alle mal überraschen lassen.

Die Impfung

Reini war schon sehr nervös, weil die Katzen heute geimpft werden mussten. Die Tierärztin würde ins Haus kommen. Seine Mutter und ihr Freund würden der Tierärztin bei Minnie und Minou helfen und danach wäre der Kater von Reinis Oma, Herr Schröder, mit der Impfung dran. Jedes Jahr im Herbst mussten die Katzen geimpft werden, damit sie nicht krank wurden.

Es war schon 17 Uhr, als die Tierärztin kam. Minnie saß auf dem Tisch auf einer Decke und wurde vom Freund von Reinis Mutter liebevoll gehalten. Man hörte bei der Spritze nur ein kleines Miau von ihr, dann war es auch schon vorbei. Bei Minou war das nicht so einfach zu haben. Sie lag auf der Decke, wurde gehalten und schimpfte richtig wütend auf alle, die da so um sie herum standen. Sie war so richtig wütend, als sie die Spritze bekam. Aber auch das war dann schnell vorbei und sie sprang vom Tisch runter. Jetzt gingen alle in die Küche von Reinis Oma, wo ein bereits zorniger Herr Schröder auf die Tierärztin wartete.

Nein, er wollte nicht auf den Tisch auf die Decke. Er wollte es wirklich nicht. Der Freund von Reinis Mutter hob ihn hoch und Herr Schröder versuchte, ihn zu kratzen. Wie er tobte, als er festgehalten wurde! Er wollte wirklich nicht auf dem Tisch sitzen bleiben und festgehalten werden.

Als die Tierärztin mit der Spritze kam, versuchte Herr Schröder, sie zu beißen. Er kratze und fauchte und wehrte sich enorm. Schnell gab die Tierärztin Herrn Schröder die Spritze und er fauchte noch mehr. Oh, funkelte er da alle mit seinen grünen Augen an! Er sprang vom Tisch, fauchte noch und war sehr sauer auf alle. Selbst das Leckerli, das Reinis Oma ihm anbot, ignorierte er völlig.

Die Katzen wurden alle aus dem Haus gelassen und konnten jetzt in den Garten. Gott sei dank waren die Impfungen vorbei. Erst nächstes Jahr wieder würde, wenn keine der Katzen krank wurden, die Tierärztin wieder kommen.

Herr Schröder

Herr Schröder lebte schon eine Weile bei Familie Lorenz und war erst die Katze von Reinis Mutter gewesen, wollte dann aber lieber bei Reinis Oma leben, denn die hatte ja auch noch die ältere Katze Mimi. Jetzt lebten also Herr Schröder und Mimi bei Reinis Oma und die Katzen Minnie und Minou bei Reini und seiner Mutter in der Wohnung.

Reini hatte mit seiner Mutter nicht immer in der kleinen Stadt, sondern, als er noch ein Baby war, in einer Großstadt gelebt. Als sie umzogen, war auch Herr Schröder mit ihnen umgezogen. Seine Mutter hatte Herrn Schröder einst von einer Nachbarin geschenkt bekommen, denn mit Herrn Schröder hatte es eine Besonderheit: Herr Schröder war als junges Kätzchen aus dem fünften Stock eines Hochhauses gefallen und hatte sich schwerste Verletzungen zugezogen. Dabei hatte er auch viele seiner Zähne verloren, sodass er vorne nur noch einen langen Eckzahn hatte und hinten ein paar wenige Zähne. Fressen konnte er zwar immer noch, nur nicht mehr so gut zubeißen. Herr Schröder hatte sich von seinem Unfall als kleines Kätzchen aber wieder sehr gut erholt und war nun bereits ein alter Kater. Faul und träge liebte er es, im Garten zu liegen oder auf der Couch bei Reinis Oma. Die hatte eine sehr große Couch, die die Katzen liebten. Reinis Oma hatte einen Lebensgefährten, der im gleichen Haus wie sie eine eigene Wohnung hatte. Die Katzen Minnie, Minou, Herr Schröder und Mimi kamen ihn manchmal besuchen.

Reini liebte seine Familie und seine Katzen und hatte in diesem Jahr viel mit ihnen erlebt. Die Wochen waren wie im Flug vergangen und es wurde bereits zusehends kälter. Man konnte damit rechnen, dass bald der Winter vor der Türe stehen würde. Tage und Wochen zogen ins Land und die Katzen mochten mehr und mehr in den gemütlichen Wohnungen bleiben. Es war jetzt die Zeit des Kuschelns für die Katzen und ihre Familien.

Reini und Benji verbrachten noch immer ihre Zeit gemeinsam und spielten jetzt öfters mal im Kinderzimmer. Auch in der Schule stellte man sich mittlerweile auf die kommende Adventszeit und das bevorstehende Weihnachtsfest ein. Der Sommer war nun endgültig vorbei und der Winter kam.

Casar durchschaut alle

In der anderen Siedlung lebte auch Kater Pitus, es war bekannt, dass er ein Streuner und anderen Katzen gegenüber nicht gut gestimmt war. An einem kalten Tag war Kater Pitus auf Mäusejagd und hatte mächtig Hunger. Auf seinem Streifzug begegnete er Casar.

Pitus, der sofort wusste, wer Casar war, fing leise zu schnurren an: „Du da, genau du, Kater, ich kenne ein Geheimnis, das ich dir verrate, wenn du mir folgst. Du darfst nur keinem erzählen, dass du das Geheimnis von mir erfahren hast. Aber du musst mir in die andere Siedlung dazu folgen."

Casar meinte darauf: „Ich erzähle alles meinen Freund Benji abends im Bett und du wirst es nicht schaffen, dass ich ein Geheimnis vor ihm haben werde." Casar war jetzt richtig erbost. Er würde seinem Freund Benji immer alles anvertrauen. Geheimnisse haben war ja doof. Sein Menschenfreund Benji durfte immer alles wissen, was er, Casar, so machte und Benji erzählte ihm abends im Bett auch immer alles. Sie waren beste Freunde, die sich vertrauten.

Kater Pitus versuchte es erneut. „Casar, folge mir in die andere Siedlung und du wirst Leckerlis erhalten, von denen du nur Katzenträume haben kannst, aber du darfst nie jemanden erzählen, dass du mir gefolgt bist."

Nein, nein, nein! Casar lief in Windeseile davon. Auf dem Weg kam ihm Rufus gemächlich entgegen. „Casar, was ist denn mit dir los?", fragte Rufus.

Casar erzählte es ihm außer Atmen. Die beiden Kater liefen zu Pitus und schimpfend vertrieben sie ihn aus ihrer Siedlung. Sogar Kasimir hörte sie und lief auf sie zu. Laut bellend schloss er sich den Freunden an. So vertrieben sie Pitus aus ihrer Siedlung. Sie wollten keinen Streuner bei sich haben. Nachdem Pitus vertrieben worden war, erzählte Casar seinen Freunden ausführlich, was zuvor passiert war. Seine Freunde waren sehr stolz auf ihn. Freundschaft war eben was sehr Wertvolles. Man sollte seinen Freunden immer vertrauen und keine Geheimnisse haben. Gemeinsam waren sie stark gegen Pitus.

Am Abend lag Casar bei Benji und miaute. Benji wusste, was der Kater meinte, war sehr stolz auf ihn und streichelte ihn ausgiebig. Benji sagte zu Casar: „Mein Casar, meinen Eltern kann ich mich immer anvertrauen und du kannst dich mir immer anvertrauen. So wie meine Eltern mir in jeder Situation zu jedem Zeitpunkt helfen, so werde ich immer für dich da sein."

Schnurrend schlief Casar in Benjis Armen ein. Er war froh, so einen Freund wie Benji zu haben, und er war froh, dass Benji solche Eltern hatte.

Gedachtes und Gedichtetes

Prosa und Lyrik

Der fremde Hund im Teich

Melissa saß am Ufer des Teiches und hatte ihre nackten Zehen ins Wasser gestreckt. Tränen liefen über ihr Gesicht, sie war alleine und keiner konnte es sehen. Melissa war 14 und sehr traurig. Der Junge im Pausenhof, der ihr schon so lange gefiel, hatte heute Mittag den Arm um ein Mädchen gelegt, das sie schon öfter gesehen hatte. Sie musste wohl in seine Klasse gehen. Eine Klasse über Melissa. Sie war wohl verliebt in ihn, sollten die Tränen aussagen.

Wie jeden Tag freute sie sich schon auf die Pause, weil sie den Jungen sehen konnte. Sie hatte herausbekommen, dass er Chris hieß und eine Klasse über ihr war. Zwar hatte er sie öfter einmal angelächelt und Schmetterlinge tanzten da in ihrem Bauch herum, aber gesagt hatte er nie ein Wort zu ihr. Melissa aber war zu schüchtern, um ihn anzusprechen. Dieses andere Mädchen aber stand jetzt neben ihm und er hatte den Arm um sie gelegt. Sie war wohl seine Freundin.

Die Zehen im Wasser und mit Tränen im Gesicht sah sie nun zum Himmel hinauf. Die Wolken zogen weiter und weiter. Sie war wirklich sehr traurig.

Da hörte sie ein Bellen. Es kam von weiter her und wurde immer lauter. So laut, bis ein Collie mit einem „Wau" in den Teich sprang. Er schwamm übermütig seine Bahnen.

Melissa sah dem Hund zu. Ein leichtes Lächeln war jetzt doch in ihrem Gesicht, als sie sah, mit welcher Freude der Hund schwamm und ausgelassen war.

„Rockie, komm her!", hörte sie da eine Jungenstimme.

Rockie, der Hund, schwamm ans Ufer und kam direkt vor Melissa heraus. Da fiel ihr Blick auf Turnschuhe und dann etwas höher auf Beine in Jeans. Sie war aber zu schüchtern, um weiter hinaufzuschauen, sonst hätte sie blaue Augen gesehen. In einem hübschen Jungengesicht. Ein Jungengesicht, das jetzt strahlte. Der Junge warf einen Stock ins Wasser und der Hund jagte hinterher. Plötzlich setzte sich der Junge neben Melissa mit den Worten: „Hallo, ich bin neu hier, das ist mein Hund Rockie da im Wasser!"

Sie kamen ins Gespräch und so erfuhr Melissa von ihm, dass er erst vor Kurzem hergezogen war und morgen seinen ersten Tag in der neuen Schule haben würde.

Melissa sah ihm in die Augen und plötzlich fingen die Schmetterlinge richtig zu tanzen an in ihrem Bauch. Wie sie erfuhr, ging er ab morgen sogar in ihre Klasse und war so alt wie sie selbst.

Er fragte Melissa, ob sie mit ihm ein Eis essen gehen wollte. Mit ihm und Rockie.

Natürlich wollte Melissa gerne. Schüchtern nahm da der Junge ihre Hand und half ihr hoch. Es kribbelte jetzt noch mehr in ihrem Bauch und sie sah schüchtern zu Rockie, aber innerlich war sie überglücklich. Sie gingen den Weg vom Teich gemeinsam in die Stadt zurück.

In der Eisdiele saßen sie nebeneinander. Der Junge, der Tom hieß, fragte sie, ob sie einen Freund hätte. Melissa verneinte es. Darauf fragte er sie schüchtern, ob sie mit ihm gehen wolle, weil sie ihm so gefiele. Sie lief rot an im Gesicht, lächelte schüchtern und blickte dann in seine Augen und sagte: „Na ja, klar, warum nicht?"

Dann zahlte Tom und sie gingen. Draußen vor der Eisdiele nahm er ihre Hand und so gingen sie Hand in Hand bis zum Haus von Melissas Eltern. Sie verabschiedeten sich, sie sahen sich ja bald wieder, am nächsten Tag in der Schule.

So begann ein wunderbarer Sommer für die zwei.

Das Einhorn

Melanie saß in der Badewanne und zählte munter die Schaumblasen, die der blaue Badeschaum hervorbrachte. Ihre Mutter hatte ihr das Badewasser mit dem blauen Badeschaum eingelassen und Melanie hörte sie jetzt nach ihr rufen: „Melanie, wie lange willst du noch in der Wanne sitzen?"

Melanie wollte noch lange in der Badewanne sitzen und dem blauen Badeschaum zusehen, wie er die Seifenblasen machte. Komischerweise waren die Seifenblasen, die aus dem blauen Badeschaum hervorgingen, in den schönsten und schillerndsten Farben. In den unterschiedlichen Seifenblasen konnte sie vieles noch entdecken. Gerade jetzt erschien es Melanie, als würde ein Einhorn in der Seifenblase sitzen und sie anlächeln. „Ja sicher", dachte Melanie, „das ist ein Einhorn." Sie saß im warmen Wasser, es duftete so gut nach Blumen im Badezimmer und Melanie träumte vor sich hin. Sie war die kleine Prinzessin mit dem Einhorn. In der Seifenblase galoppierte das Einhorn direkt im Badezimmer herum. Melanie lächelte überglücklich. Für ein kleines Mädchen von fünf Jahren war ein Einhorn schon etwas Besonderes.

Sie träumte sich in ein wunderschönes Kleid einer Prinzessin hinein und wie sie dem Einhorn den Kopf streichelte. Melanie hatte in der Badewanne sitzend tatsächlich ein Einhorn für sich ganz alleine.

Weiß war das Einhorn natürlich und hatte eine Mähne in den Farben des Regenbogens, die Mähne wehte nur so dahin, denn das Einhorn galoppierte nun an der Decke entlang, in seiner Seifenblase.

Melanie lachte. Sie war einfach nur froh, das Einhorn in der Seifenblase sehen zu können.

Da, plötzlich, noch ein Einhorn, ein weiteres stieg mit den Seifenblasen in die Höhe, und noch ein Einhorn. Es stiegen viele von ihnen aus den Seifenblasen hervor und nun war es eine wunderschöne Herde Einhörner. Die Mähnen schillerten und Melanie war es, als würde sie leise ein sanftes Wiehern hören.

Da rief ihre Mutter: „Melanie, Zeit für dich, aus der Badewanne zu steigen und zu Abend zu essen." Ihre Mutter stand nun im Badezimmer mit einem Handtuch.

Das Abendessen war bald vorbei, Melanie war satt und müde. Sie freute sich jetzt auf die Träume. Auf die Nacht.

Kuschelig lag sie im Bett und sie träumte davon, wieder die Prinzessin zu sein, und die Einhörner liefen um sie herum. Leicht lächelte sie im Schlaf.

Die kleine Fee Sivenia

Eines Tages tanzte Sivenia, die kleine Fee, lustig durch den Blumengarten von Minia. Sie hatte die beste Laune, weil ihre Menschenfreundin Lea heute Geburtstag hatte. Und Sivenia hatte sich ein ganz besonderes Geschenk überlegt.

Lea hatte heute an ihrem Geburtstag zu einer Party eingeladen und alle ihre Freundinnen würden kommen. Sie hatten alle zugesagt. Es würde Torte geben, Luftballons würden im Wohnzimmer und der Küche verteilt sein und aus dem Lautsprecher des CD-Players würden natürlich ihre liebsten Kinderlieder zu hören sein. Sicher würde es selbst gemachte Limonade von Mama geben und sogar Papa hatte sich für den Nachmittag Urlaub genommen, um mit Lea ihren Ehrentag zu feiern.

Es würde Ratespiele geben und ungeheuer viel Naschzeug neben der großen Torte. Lea hatte sich ihre Lieblingstorte von Mama gewünscht, wie eben nur ihre Mama sie machen konnte. Nie hatte Lea eine tollere und bessere Torte gegessen.

Lea hatte ihre Eltern richtig doll lieb und sie freute sich auf ihren 5. Geburtstag. Ungeduldig fragte sie ihre Mama nach der Uhrzeit. Gut, Lea hatte schon vor fünf Minuten danach gefragt und fragte nun schon wieder. Aber Mama war geduldig und antwortete ihr und sie würde dies auch weitere fünf Minuten später geduldig machen.

Sivenia hatte ihr Fernrohr so eingestellt, dass sie Lea gut beobachten konnte. Jede Fee hatte so ein Fernrohr, mit dem sie ihr Kind beobachten konnte. Instinktiv wusste auch jede Fee sofort, wann sie ihrem Kind helfen sollte, wenn dieses in Not war oder traurig oder ein Problem hatte. Die Feen freuten sich mit ihren Kindern und sie waren unsichtbar sofort zur Stelle, wenn sie gebraucht wurden.

Sivenia hatte wundervolle blonde lange Haare und blaue Augen. Sie trug ein hellblaues schillerndes Kleid, auf dem Silberstreifen zu sehen waren. Es flatterte gerade leicht im Wind, der jetzt auch ihr langes Haar erfasste. Sivenia lachte überglücklich, weil es Lea an diesem Tag so gut ging. Das kleine Mädchen hatte die höchste Freude.

Sivenia hatte sich als Geschenk einen wunderbaren Stein für Lea ausgedacht. In einem herrlichen Orange. Orange war nämlich Leas Lieblingsfarbe. Der Stein besaß einen schwachen silbernen Streifen, der, wenn die Sonne daraufschien, hell und glitzernd leuchtete. Lea würde dieser Stein bestimmt gut gefallen.

Schon war das Mittagessen fertig. Papa saß bereits am Tisch in der Küche, als Mama nach Lea rief. Es gab heute Leas Lieblingsgericht: Schnitzel mit Pommes. Das mochte Lea richtig gerne und die Panade des Schnitzels war superlecker. Dazu würde sie Ketchup essen. Zum Trinken gab es die Limo, die Mama immer selbst machte. Mit Zitronengeschmack. Lea konnte davon, wenn sie durstig war, nie genug bekommen.

Nach dem gemeinsamen Essen spülte Mama die Pfanne ab und räumte schnell die Küche auf. Papa hatte derweil das Wohnzimmer für die Party hergerichtet. Toll sah es jetzt aus. Lea freute sich sehr und strahlte ihren Papa an.

Schnell war die Zeit vergangen, als es auch schon an der Tür klingelte und die erste Mama mit ihrer Tochter kam. Insgesamt würden fünf Mädchen an diesem schönen Sommernachmittag zusammen feiern. Zuerst wurde im Wohnzimmer Torte gegessen, anschließend konnten die Mädchen im Garten spielen. Es gab ein großes Klettergerüst, eine Schaukel mit Rutsche und natürlich einen Sandkasten. Auch im Garten waren schon Luftballons verteilt worden.

Jubelnd liefen die Mädchen nach draußen. Papa nahm den CD-Player mit und jetzt hörte man die schönen Lieder im Sonnenlicht. Die Mädchen lachten laut durcheinander, als ein besonders lustiges Lied gespielt wurde. Sie tobten und spielten Fangen. Lachten und lachten.

Da rief Lena Lea zu: „Schau mal, da liegt etwas."

Lea lief sofort zu ihrer Freundin und sah den orangefarbenen Stein in einem Blumenbeet liegen. Sie strahlte über das Gesicht, als sie dieses wunderschöne Geschenk entdeckte. Lea hatte nie ein schöneres Glitzern gesehen als jenes Silber, das in der Sonne funkelte. Plötzlich fühlte sich Lea unwahrscheinlich glücklich. Sie lachte auf und strahlte mit der Sonne um die Wette. Den Stein in der Hand lief sie zu ihren Eltern. „Mama, Papa schaut doch mal!" Mit diesen Worten hielt sie ihren Eltern den Stein entgegen.

Die bestaunten das Geschenk, das da so wunderschön in der Hand ihrer Tochter lag.

Sivenia, unsichtbar neben Lea, konnte vor lauter Freude nur strahlen. Sie fühlte in sich so stark das Glück ihres Kindes, um das sie sich so gerne kümmerte. Oh ja, sie spürte die Freude wie einen warmen Strahl. Sie hatte also das richtige Geschenk für Lea ausgesucht.

Bald verabschiedeten sich die Freundinnen und die Familie aß gemeinsam zu Abend. Den Stein legte Lea auf ihr Nachtkästchen neben dem Bett. Die Eltern sahen ihr strahlendes Gesicht und waren ebenfalls zufrieden und glücklich.

Als Lea nach diesem besonderen Tag schließlich im Bett lag und ihre Mama und ihren Papa in den Arm nahm, strahlte sie noch immer überglücklich. „Mama, Papa, ich hab euch so lieb!“, murmelte Lea leise, weil sie schon ziemlich müde war.

„Wir haben dich auch lieb, Lea“, sagten ihre Eltern zärtlich und lächelten.

Und Lea schlief sofort ein.

Das Lachen des Schmetterlings

Karlie war ein kleiner hellblauer Schmetterling. Er war sehr, sehr klein, und wie es bei Schmetterlingen nun einmal ist, wollte auch er fliegen.

Doch Karlie hatte Angst vor dem ersten Mal. Zwar flatterte er immer wieder mit seinen kleinen Flügelchen, doch wenn es darum ging, wirklich abzuheben, hörte er schlagartig auf. Er traute sich einfach nicht. Schließlich war Karlie ja noch ein sehr junger und kleiner Schmetterling.

Da kam eines Tages Soria, die alte Schnecke, zu ihm. Sie hatte immer ihr Häuschen auf dem Rücken. Egal, ob im Sommer die Sonne schien oder ob es im Winter schneite. Soria war eine gemütliche, alte Schneckendame.

Der kleine Schmetterling Karlie spazierte gerade am Boden eines wunderbar duftenden und bunten Blumenmeeres entlang und freute sich über die Sonne am Himmel, die ihn wärmte. Es war ein toller Sommertag, an dem es Karlie richtig gut ging.

Da kam Soria des Wegs und sprach zu dem Schmetterling: „Karlie, schau dir die Sonne am Himmel und die wunderschönen hellen Wolken an. So luftig und leicht ist auch das Fliegen."

Karlie blickte die ältere Schneckendame verdutzt an.

Da sprach sie weiter: „Sei einfach wie eine Wolke, so leicht, wie sie dort am Himmel vorüberziehen."

Karlie blickte nach oben. Es waren richtig tolle Schönwetterwolken, die den Himmel bevölkerten, und wenn er noch weiterblickte, sah er das helle Gelb der Sonne.

„Karlie", sprach Soria eindringlich, „hebe deine Flügelchen und breite sie aus, breite sie so leicht und luftig aus, wie die Wolken am Himmel sich ausbreiten."

Karlie gefielen die Schönwetterwolken sehr und plötzlich fühlte er in sich selbst eine leichte, luftige Freiheit. Die Angst vor dem Fliegen war nicht mehr da. Sie war wie weggeblasen von der sachten Brise, die nun seinen Körper umhüllte. Mit einem Mal spürte er, wie er sich erhob.

Ja, seine Flügelchen trugen ihn in die Lüfte hinauf. Er stieg höher und noch höher. Schon konnte er fliegend die Blumenwiese überblicken und plötzlich überkam es ihn. Er wurde übermütig und flatterte luftig und leicht von Blume zu Blume.

Oh, wie er sich freute und glücklich lachte!

Sein Lachen nahm der Wind mit, und wenn du einmal auf einer wunderschönen Blumenwiese liegst und der Wind dich streichelt, dann hörst du vielleicht das Lachen des Schmetterlings.

Die kleine Prinzessin im Glück

Es war einmal eine wunderschöne Prinzessin mit langen goldenen Haaren. Ihre Haare fielen weit und noch viel weiter hinab, bis auf den Boden. Mit einem bunten Band war ihre goldene Mähne festgebunden, sodass die kleine Prinzessin nicht stolpern konnte. Sie war vier Jahre alt und alle hatten sie richtig lieb und gerne.

Eines Tages, es war Sommer, die Sonne schien und die Blumen dufteten, spielte die Prinzessin im Schlossgarten. Natürlich lebte die kleine Prinzessin auf einem wunderschönen Schloss, wo es zudem viele Tiere gab. Pferde, Hunde, Katzen, Vögel, Hamster, Meerschweinchen und in einem Schlossbrunnen saß sogar ein kleiner Frosch. Es schwammen Goldfische im Schlossteich und es gab Adler und Falken.

Um das Schloss herum war ein kleiner Wald. In diesem spielte die kleine Prinzessin sehr gerne. Genauso wie auf der Blumenwiese, die sich in der Nähe des Schlosses befand.

An diesem wundervollen Sommertag saß die kleine Prinzessin also auf einer Decke inmitten der Sommerwiese und ein Schmetterling setzte sich auf ihre Haare. Eine Strähne ihres langen goldenen Haares hatte sich aus dem Zopf gelöst. Darauf hockte nun der wunderschöne blaue Schmetterling, bewegte seine Flügel und die kleine Prinzessin sah ihn sich ganz genau an. Auf seinen blauen Flügelchen hatte er einen goldenen Punkt, so golden, wie es die Haare der kleinen Prinzessin waren.

„Schmetterling, flieg weiter“, forderte sie das Tierchen auf.

Er flatterte noch etwas mit den wundervollen Flügelchen, bevor er sich wieder in die Lüfte erhob. Die kleine Prinzessin sah ihm noch eine Weile nach.

Abends erzählte sie ihren Eltern von dem Schmetterling und Papa König und Mama Königin ließen daraufhin auf der Wiese Blumen in den Farben Blau und Gold anpflanzen, die die Form eines Schmetterlings besaßen, weil dieser die kleine Prinzessin so glücklich gemacht hatte. An manchen Sommertagen erinnerten von nun an die Blumen die kleine Prinzessin an ihren schönen Schmetterling und sie war glücklich und freute sich sehr.

Der Weihnachtsmarkt

Eiskalt lag die Natur vor Elias. Behandschuht, eine Hand in der Hand seines Vaters, stapfte er über den Weihnachtsmarkt. Seine Mutter würde sie später dann einholen. Lichter in den schönsten Farben leuchteten von den Ständen und Kinderstimmen sangen von einer fröhlichen Nacht. Elias liebte es, neben seinem Vater zu gehen. Ein leises Lächeln las Elias im liebevollen Blick seines Vaters.

Es war die Nacht vor Heiligabend. Die Familie wollte noch Waffeln essen. Die Stimmung war sehr besinnlich. Schneeflocken wehten leicht in Elias Gesicht. Elias war sieben Jahre alt und in der zweiten Klasse hatten sie zuvor noch Weihnachtslieder gesunden, Kerzen leuchten lassen und dann hatten auch schon die Weihnachtsferien begonnen. Elias war ja schon ein großer Junge. Doch jetzt lief er nur zu gerne an der Hand seines Vaters.

Dort, ein Stand. Er leuchtete in wunderschönen Farben. Wie gut roch es dort nach frischen Waffeln! Elias fühlte sich magisch vom Geruch angezogen. Doch sein Vater gab ihm zu verstehen, dass sie noch auf Mama warten wollten. Sicher würde sie auch gerne eine der gut riechenden Waffeln essen wollen. So standen sie nun in der Nähe des Standes und warteten. Sie warteten eine Weile, da lief ein kleiner Hund auf Elias zu.

Erst sah Elias nur den Hund. Er wedelte erfreut und schnuffelte an Elias Hand. Dann aber sah Elias mit großen Augen seine Mama an. Am anderen Ende der Leine des Hundes stand Mama. Sie strahlte Elias überglücklich an. Der Schnee wehte nun auf die Nase des Hundes. Er machte einmal „Wau“ und Elias lachte laut auf. „Mama, wem gehört denn der Hund?“, fragte da Elias. Seine Mutter erklärte Elias, dass sie nur kurz auf Casimir aufpassen würde, sein Herrchen würde gleich vorbeikommen. Die Waffeln waren sofort vergessen! Nun zählte nur noch Casimir.

Da kam ein kleiner Junge direkt auf sie zu! „Casimir, Kerlchen, komm zu mir!“, rief da der Junge.

Elias kannte den Jungen. Er ging eine Klasse über ihm in die Schule.

„Hast du einen süßen Hund!“, meinte da Elias zu dem Jungen.

Der Junge streichelte kurz über Casimirs Kopf, nahm die Leine von Elias Mama und lächelte Elias an. „Wenn du mal willst, kannst du Casimir ja bei mir besuchen kommen!“, hörte Elias den Jungen sagen.

Elias streichelte den Hund nochmals, sah dem Jungen nach, wie er mit dem Hund verschwand. „Papa, meinst du, wir können auch einmal einen Hund haben?“, fragte Elias seinen Vater. Alle bestellten sich jetzt eine leckere Waffel am Stand und dann ging es auch schon den Weg nach Hause. Sie redeten alle auf dem Heimweg über den Jungen und Casimir.

Am nächsten Morgen wachte Elias sehr früh auf. Sie frühstückten miteinander. Dann sagte sein Vater zu ihm: „Elias, einen Hund können wir uns nicht halten. Tut mir sehr leid. Deine Mutter und ich sind viel unterwegs, du bist oft bei deinen Großeltern, einen Hund können wir uns beim besten Willen nicht halten, Schatz.“

Elias war zwar ein bisschen traurig, sah aber ein, dass sein Vater recht hatte.

Man spielte ein bisschen zusammen Mensch ärgere dich nicht und dann ging sein Vater mit ihm in den Garten hinaus, um einen Schneemann zu bauen.

Sie hörten die Mutter zum Essen rufen. Man aß zu Mittag und am Nachmittag verabschiedete sich sein Vater von ihnen. Er würde gegen Abend wieder da sein. Elias ging in sein Zimmer, um mit seinen Ritterfiguren und der Burg zu spielen. Es würde erst die Weihnachtsüberraschung geben und dann würden alle, auch Oma und Opa, beim Essen sitzen. Danach würde Elias spielen können.

Es klingelte an der Tür. Oma und Opa standen davor, leise wehte der Wind herein und Oma und Opa nahmen Elias in die Arme.

Seine Mutter stand dabei, dann ging die Türe nochmals auf. Elias hörte seinen Vater im Gang. Sein Vater rief allen zu: „Ich komme gleich!“

Jetzt standen alle vor dem beleuchteten Weihnachtsbaum, der in Gold und Rot leuchtete. Päckchen lagen unter dem Baum. Elias machte große Augen. Auf einmal hörte er ein leises Miau. Woher kam das?

Sein Vater stand vor ihm, hielt ein kleines Katzenbaby auf dem Arm und sagte zu Elias: „Frohe Weihnachten, mein Sohn!“ Elias Augen wurden größer und größer. Sein Vater ließ das Kätzchen vom Arm springen und dieses spielte sofort mit dem Lametta am Baum. Mit einer klitzekleinen Tatze versuchte das Kätzchen, das Lametta zu fangen. Alle lachten überglücklich. Ganz besonders aber Elias. Es war ein wunderbares Weihnachtsfest für ihn.

Das kleine Tannenbäumchen

Der Schnee lag so still über dem Wald. Es schneite und schneite ganz leise ... und die Zweige des kleinen Bäumchens waren weiß, voller Schnee. Es war traurig. Das kleine Tannenbäumchen war so traurig, wie es da neben den großen Tannenbäumen stand.

Familien gingen durch das Waldstück, in dem die Tannenbäume darauf warteten, später dann, am Heiligen Abend, in der warmen Stube stehen zu dürfen. Jeder große Tannenbaum träumte davon, als wunderschön glänzender Baum in der Stube stehen zu dürfen. Alle großen Bäume malten sich aus, wie sie glänzend mit Lametta, Kugeln und Kerzen die Kinderaugen zum Leuchten bringen würden. Das kleine Tannenbäumchen aber wurde trauriger und trauriger, weil die Familien mit ihren Kindern einfach an ihm vorbei liefen.

Sascha lief mit seinem Vater an der Hand die Bäume ab und bei jedem Baum lächelte er. „Papa, Papa, den nehmen wir!“ Bei vielen Bäumchen hatte der vierjährige Junge dies vor Aufregung laut ausgerufen. „Mama, Mama, ich will den haben!“, rief Sascha schon wieder bei dem nächsten Baum. Sascha war ganz aufgeregt und voller Freude. Der Heilige Abend stand vor der Türe, und das Christkind würde ihm bestimmt etwas schenken. Der Nikolaus war ja schon da gewesen und hatte ihm einige Überraschungen gebracht.

Im Kindergarten wurden Sterne gebastelt aus Folie und sie sangen Lieder. Manchmal wurde eine Kerze angezündet, und jedes Kind im Kindergarten freute sich schon auf Heiligabend. Die Familie ging die Bäume weiter entlang. Es standen wunderschöne Bäume da. Jeden wollte Sascha schon mitnehmen. Der kleine Tannenbaum hörte Saschas Ausrufe und wurde trauriger und trauriger. Die großen Bäume aber wurden alle sehr stolz. Jeden großen Baum wollte Sascha mitnehmen. Da fing der kleine Tannenbaum zu weinen an und stand nun da, auf seinen Tannenzweigen glitzerte das Eis jetzt in den hellsten Farben. Silbern glitzerten die Zweige.

Es dämmerte jetzt leicht, und mit dem Schein der Taschenlampe, die Saschas Vater darum hervorgezogen hatte, leuchtete die Familie den kleinen Tannenbaum an. Er stand klein und glitzernd da. Silbern glitzernd die kleinen Tannenzweige!

Plötzlich stand Sascha still vor dem kleinen Tannenbaum. Er sah ihn einfach nur an. Stand da und sah ihn an. Sein Vater stand neben ihm. Sein Vater sah nun Sascha an. Sascha sagte lange Zeit kein Wort. Stand einfach nur vor dem kleinen Tannenbaum.

Dem Tannenbäumchen war, als würden nun vom warmen Blick des kleinen Jungen die Eiszapfen schmelzen.„Papa, Mama, der kleine Tannenbaum wird bei uns wunderschön aussehen!", sagte da Sascha still. Seine Mutter sah Sascha an, dann sah sie zu Saschas Vater. Saschas Vater nahm den Jungen plötzlich in den Arm und lächelte. „Mama, wir nehmen das kleine Tannenbäumchen doch mit, oder?" Sascha sah seine Mutter nun so bittend, fragend an! „Papi, wir nehmen ihn doch mit nach Hause, bitte ...?" Sascha sah wieder fasziniert das kleine Tannenbäumchen an. „Papa, Mama, bitte!" Still stand Sascha mit seinen Eltern vor dem kleinen Tannenbäumchen. „Papa, Mama, wir nehmen ihn mit, bitte!" Sein Vater nickte seiner Frau lächelnd zu.

„Ja Sascha, wir nehmen ihn mit!", sagte da seine Mutter.

Das kleine Tannenbäumchen hob nun voller Freude seine kleinen Zweige an, hoch in den Himmel hinauf. Gerade so, ja so, als würde es den Himmel nun umarmen wollen. Die großen Bäume sahen zu, wie das kleine Tannenbäumchen von der Familie mitgenommen wurde.

An Heiligabend stand es dann auf einem kleinen Tisch. Eine Weihnachtsdecke lag unter dem Tisch, und Saschas Eltern hatten es so liebevoll geschmückt. Das Lametta am Baum glitzerte nun silbern wie die Eiszapfen, die damals im Wald an ihm hingen, nur diesmal strahlte das kleine Bäumchen voller Freude. Saschas Augen würden bald strahlen. Das kleine Bäumchen strahlte in wunderschönem Glanz!

Der Weihnachtskuchen

Kurz vor Weihnachten suchte Lena in Koch- und Backbüchern nach einem Rezept für einen tollen Weihnachtskuchen und fand nach einer Weile ein passendes Rezept aus einem Kochbuch ihrer Mutter. Das würde ihre Eltern sicher total überraschen, fand das Mädchen. Einen gebackenen Kuchen von Lena nur für Mama und Papa. Vielleicht sollte der Kuchen die Form eines Tannenbaumes bekommen oder doch besser die Form einer Christbaumkugel. Lena war sich noch unschlüssig.

Es war der 23.12., also ein Tag vor Heiligabend, als sie mit einem Einkaufskorb von Mama und einem Teil ihres Taschengeldes in den Supermarkt ging, der gleich um die Ecke lag.

Zuhause hatte sie noch gesehen, dass genügend Mehl und Eier, Backpulver und Vanillezucker im Schrank waren. Also musste sie jetzt Puderzucker und Butter kaufen. Dann noch Schokolade zum Schmelzen. Schokoflocken ebenfalls.

Lena war sich sicher, dass Mama und Papa Freude an dem Weihnachtskuchen haben würden.

Also betrat sie den Supermarkt und suchte die Sachen, die sie brauchte, zusammen und legte alles in den Einkaufskorb ihrer Mutter hinein. Eine Nachbarin sah sie vor einem Regal stehen und staunte: „Lena, ist deine Mama auch da oder bist du alleine einkaufen?"

„Mama macht gerade Mittagessen", sagte Lena zu der Nachbarin. Gemeinsam gingen sie weiter zum Kühlregal und Lena legte Butter in den Korb. Ganz aufgeregt erzählte das Mädchen der Nachbarin von ihrem Vorhaben, einen Weihnachtskuchen zu backen. Lena ging in die 2. Klasse der Volksschule, in der die Nachbarin Lehrerin war. Lena las nun der Nachbarin laut vor, was sie alles an Zutaten benötigte, und wie die Zubereitung des Kuchens ging. Die Nachbarin lächelte Lena freundlich an. Dann legte Lena die Sachen auf das Förderband der Kasse und bezahlte. Mit ihrem Taschengeld. „Mama und Papa werden begeistert sein!", dachte sie glücklich.

Pia, ihre ältere Schwester, war schon von der Schule nach Hause gekommen und Lena bat sie, ihr beim Kuchenbacken zu helfen, weil ihre Mutter nicht da war.

Es war mittlerweile schon früher Nachmittag. Gemeinsam rührten sie die Zutaten zu einem Teig, mischten die Schokoflocken dazu und dann kam der Kuchen in den Ofen hinein.

Lena stand vor dem Ofen, blickte immer wieder in die Backröhre durch das Glas des Ofens und konnte es kaum abwarten. Hoffentlich kam ihre Mama nicht zu früh heim. Der Kuchen war fertig. Als er abgekühlt war, verzierte Lena den Kuchen.

Beim Abendessen mit Pia und Mama und Papa lächelte Lena die ganze Zeit. Ihre Mutter fragte, was los sei, aber Lena schwieg nur. Lächelte.

Der Heilige Abend war da und nach dem Frühstück ging Lena mit Pia Schlittschuhlaufen. Sie kamen rechtzeitig zum Mittagessen nach Hause. Lena durfte nun nicht mehr ins Wohnzimmer. Sie wusste schon warum. Es wurde dunkler draußen und dann war es Zeit. Lena lief hinauf in ihr Zimmer, holte schnell den Kuchen aus ihrem Versteck im Zimmer und da klingelte auch schon das Glöckchen.

Lena ging ins Wohnzimmer und mit großen Augen sah sie den Christbaum leuchten. Um den Christbaum herum am Boden lagen die Geschenke. Aber Lena ging erst zu ihrem Vater und umarmte ihn. Dann kam ihre Mutter dazu und sie standen um Lena herum und bestaunten ihren Kuchen.

Er war wunderschön. Von Lena gebacken. Mit den Worten Mama und Papa, ich hab euch lieb war er verziert.

Ihre Mutter lächelte sie liebevoll an und dann nahm sie Lena in die Arme. Ihr Vater umarmte Lena, dann ihre Mutter. Pia kam hinzu und zu viert, sich fest umarmend, standen sie vor dem Christbaum.

„Frohe Weihnachten“, riefen sie aus!

Der Weihnachts-Lkw

Vor einiger Zeit einmal – ich glaube, so zehn Jahre ist das her – gab es einen kleinen Jungen, der Autos über alles liebte. Reini hieß der kleine Junge und er war fünf Jahre alt. In seinem Zimmer gab es viele Autos. Sehr viele. Jeder, der wusste, dass Reini Autos sammelte, brachte ihm eines mit.

Es war in der Vorweihnachtszeit, genau genommen, war es der 8. Dezember. Im Spielwarenladen, der in der Nähe von Reinis Zuhause lag, stand im Schaufenster dieser Lkw. Er hatte viele Lichter, mit denen er glitzerte und blinkte.

Reini drückte sich die Nase platt am Schaufenster. Es schneite und schneite so sehr, doch den Jungen störte das überhaupt nicht. Er stand einfach vor dem Schaufenster und konnte sich nicht sattsehen an dem blinkenden Lkw. Wunderschön war der. Reini wünschte sich nichts mehr als diesen Lkw.

Seine Wohnung war nicht weit von dem Laden entfernt. Er lief schnellstens zu seiner Mutter heim und erzählte ihr von seiner Entdeckung. Seine Stimme wurde immer lauter und die Augen leuchteten immer mehr. Lachend nahm seine Mutter ihn in die Arme. Reini ging daraufhin in sein Zimmer, er musste seinem Teddy von dem Lkw erzählen. Der hörte ihm nämlich immer zu. Deshalb erzählte Reini seinem Teddy absolut und total alles.

Am Nachmittag kam sein Vater früher von der Arbeit nach Hause als sonst. Er begrüßte seinen Sohn und hielt die Hände hinter dem Rücken versteckt. „Ich hab dir was mitgebracht, wenn du errätst, in welcher Hand ich es versteckt habe, gehört es dir", sagte sein Vater zu ihm.

„Links, Papa", rief Reini sofort.

Sein Vater streckte ihm die Hand entgegen, und was meint ihr, was sich darin befand? Genau, der Papa hielt den blinkenden Weihnachts-Lkw in der Hand.

Reini schluckte. Er freute sich so sehr darüber! Hastig umarmte er seinen Vater und lief mit dem Geschenk in sein Zimmer, um ihn Teddy zu zeigen. Ganz begeistert war Reini von seinem Lkw.

„Papa ist der Größte!", dachte der Junge glücklich bei sich.

Die Tage vergingen und schließlich war der 24. Dezember gekommen.

Früh am Morgen stand Reini auf. Seine Eltern waren schon in der Küche und frühstückten, als er noch ziemlich müde hereinkam.

Nach dem Frühstück spielten sie miteinander und nach dem Mittagessen setzte sich Reini im Wohnzimmer zu seinem Vater auf die Couch und holte seine Lego-Steine hervor. Lange beschäftigte er sich damit, beinahe bis es dunkel wurde.

„Reini, ich hab eine Überraschung für dich", sagte da sein Vater leise zu ihm.

Seine Mutter half Reini beim Anziehen und schon saßen sie in Vaters Auto. Der Junge wusste nicht, wohin die Fahrt gehen sollte, das hatte ihm sein Vater trotz vieler Fragen nicht beantworten wollen.

Sie bogen in eine Einfahrt ein, in der viele große Lkws standen, und vor dem größten Laster hielten sie an.

Sein Vater half Reini dabei, in die Führerkabine einzusteigen, und ein freundlicher Mann, der sich als Lkw-Fahrer entpuppte, begrüßte die beiden.

„Na, Reini, bist du bereit für eine Fahrt?", fragte er den Jungen zwinkernd.

Dessen Augen leuchteten vor Freude auf.

Im Führerhaus waren viele Lichter und ein kleiner geschmückter Tannenbaum. Reini saß neben seinem Vater und kuschelte sich überglücklich an ihn.

Es ging aus der Einfahrt hinaus auf die Straße und sie fuhren und fuhren immer weiter.

Irgendwann kamen sie am Haus von Reini und seinen Eltern vorbei und die beiden stiegen aus. Es war mittlerweile spät geworden, die Dunkelheit lag über ihnen, als sie ins Haus traten.

Die Mutter lächelte ihre beiden Großen freudig an. „Komm, Reini, komm ins Wohnzimmer. Das Christkind war da", sagte sie.

Mit großen Augen betrachtete Reini den Christbaum. Blaue und silberne Kugeln hingen an den Zweigen und das Lametta glitzerte im Lichterglanz der vielen Kerzen. Der Baum war einfach nur wunderschön. Lange Zeit konnte Reini seinen Blick nicht davon abwenden.

Dann ging er zu seinem Vater, nahm dessen Hand und sagte: „Papi, ich hab dich so lieb." Sein Vater strahlte und drückte ihm einen Kuss auf die Stirn.

Da erst entdeckte Reini die Pakete, die schön eingepackt unter dem Baum lagen. Seine Mutter brachte ihm das erste Päckchen, das er langsam auswickelte. Darin war ein großer Lkw, so wie der, mit dem er vorhin gefahren war. Reini lachte glücklich auf.

Im nächsten Päckchen fand er einen Bagger. Und als er mit seinen Eltern um den Baum herumging, stieß er auf ein kleines Tretauto. Er setzte sich sofort hinein und freute sich sehr über seine Geschenke.

„Papa, Mama, ich hab euch so lieb. Das Christkind hab ich auch lieb."

Später schlief Reini glücklich in seinem Bett ein. Den Weihnachts-Lkw und den Lkw, den das Christkind gebracht hatte, hatte er mit in sein Bett genommen. Teddy, der ebenfalls im Bett schlief, wachte in der Nacht über die Autos.

Liebe lieben im Heute

Die Liebe ist eines der höchsten Gefühle, die Menschen verbindet. Liebe ist eine Kraftquelle und wirkt als Medizin oft besser als Tropfen, die man zu sich nimmt.

Liebe, verliebt sein, die rosarote Brille einfach mit ins Alltagsleben mit hineinnehmen, über die zahlreichen gemeinsamen Jahre, ja, ein Leben lang sogar, in die Träume hinein, Träume von, um und über den geliebten Menschen. Träume, wundervolle Träume, die Kraft geben. Träume, Tagträume, wenn man getrennt ist, träumend vom Glück miteinander, wenn man sich an der Hand hält. Nachtträume, die das gemeinsame Leben bei Tag so stark leben lassen.

Träume von der Zukunft, von gewesenen Situationen, die so stark verbanden. Leben, einfach die Liebe leben und erleben, mit dem Menschen, der einem doch so viel Kraft zu schenken vermag.

Erleben, das wohlige Bauchgefühl, das sich ausbreitet in einem, wenn ein so warmer Gedanke da ist, sieht man vor seinem geistigen Auge das lächelnde Gesicht des Menschen, den man so liebevoll an seiner Seite weiß.

Die Hand, die man dem geliebten Menschen reichen möchte, wenn ein Sprung ansteht über den Bach des Lebens, der ein Hindernis darstellen könnte. Mit der Freiheit zu lachen, wenn der gemeinsame Weg über die Hürden des Lebens gelang, und man doch die Nähe zum anderen so stark in sich spüren kann.

In guten Zeiten zu lachen und in schlechten Zeiten die Tränen zu lieben, die man weinte, wenn manches schwerfiel. Sich wissend auf den anderen verlassen zu können, wie auf die Hand, die die eigene zärtlich streichelt. Sich in Umarmungen wieder im Hafen der Liebe zu wissen, zu erfahren. Sich zu spüren.

Liebe im Heute, ein Gefühl, das so stark zu verbinden vermag. Menschen. Zueinander. Im Miteinander erleben, im Gemeinsamen. Das Denken, das Leben, das Tun und das Fühlen füreinander. Warm, liebevoll und Geborgenheit doch gebend.

Liebe im Heute macht uns so stark.

Liebe im Heute erfahren im Alltäglichen, als er- und gelebten Traum einer wahrhaftigen Realität.

Ein Passieren im Jetzt, erleben, fühlen. Ein Annehmen und Geben.

Liebe im Heute macht stark! Für ein gemeinsames Leben miteinander.

Liebe lieben im Heute. Wundervoll und wunderbar. Einzigartig und machbar.

Meine Erzählung, Geschichte oder Erfahrung!

Es war ein wunderschöner Sommertag. Alles lief einfach wundervoll. August. Was für ein wundervoller Monat. Okay, es war ein August. In irgendeinem Jahr. An irgendeinem Tag im August, in irgendeinem Jahr. Aber es war! Oder war es nicht? Ist meine Geschichte vielleicht nur eine Geschichte, eine Erzählung? Oder könnte es, ja, könnte es eine Erfahrung sein, die jemand anderes auch erfahren hat, kennt oder – vielleicht kann es auch nur nachempfunden werden! Von Ihnen! Ich weiß es nicht!

Aber es war, an besagten August-Tag, in diesem, schon erwähnten – irgendeinem Jahr. Vögel flogen über den Bach. Das Wasser floss seinen Weg den Bach entlang. Die Bäume im Wald gaben den Vögeln Schatten, die den Bach entlangflogen.

Leichtes Rauschen, Ruhe sonst – und Freiheit. Ich gehe den Bach entlang, atme die frische Luft ein. Ich kann wieder längere Spaziergänge machen. Mein Blutdruck fühlt sich durch die Medikamente wieder viel besser in mir an. Normaler Blutdruck, die Atmung geht normal. Keine Schmerzen, die mich hindern, die Schritte durch den Wald zu gehen. Ich gehe nicht sehr schnell, aber ich bewege mich.

Es ist ein wundervoller August-Tag. Ich gehe meine Schritte und ich gehe durch den Wald, in meine wieder gefunden Freiheit, in der Natur sein zu können.

Die Vögel über mir zwitschern fröhlich ihr Lied. Die Bäume wispern in ihren Höhen von Freiheit. Mein Atem zieht mit der Luft im Wald. Leben! Natur! Freunde! Tiere! Werte, die sind! Von großen, großen Wert die Liebe. Die Liebe zu jemandem, vielen vertrauten nahen Menschen. Die Liebe zum Leben. Die Liebe zur Natur. Die Liebe zu Freunden. Die Liebe zu Tieren. Die Liebe zu dir selbst.

Und ich gehe, ich gehe weiter und ich beende nun die Erzählung oder eine Geschichte oder meine Erfahrung. Oder es war etwas, dass SIE nachempfinden konnten, beim Lesen meiner Geschichte, Erzählung oder Erfahrung. Nach schweren Wegen führen gute, schöne befreiende Wege wieder auf andere Wege, vielleicht auf Wege einer neu gefundenen Freiheit.

Oder es führen die Wege einfach auch nur entlang eines Baches, dessen Wasser seine Wege findet – in irgendeinem Wald, frei, sich gehend, atmend erlebend, in völliger Natur und eins mit sich selbst!

Klirrend kalt

Klirrend kalt,
die Winterzeit,
doch Wärme in Gedanken da,
wenn das Christkind wieder kommt,
zur Weihnachtszeit,
das Herz es pocht,
es freut sich sehr,
und aus dem Himmel ein Engelschor ertönt,
was gibt es da in dieser Zeit,
doch Freude,
Lachen, Heiterkeit?
Und in das Lachen stimmt man
fröhlich ein,
ein Schneetreiben vor dem heiligen Fest,
Winterzeit
ist Freudezeit,
für Groß und Klein,
„frohe Weihnacht heute jedem"
es mag die Freude in jedem doch so stark da leben,
und die Liebe sie ist nah,
Weihnachten,
wie ist dieses Fest doch wunderbar.

Schneeflocke

Silbern dein Schein,
bist nicht allein,
Schneeflocke du.
Bist vereint im Schnee mit anderen im Nu,
fällst herab vom Himmelszelt,
und dann doch im Schnee,
finden wir alle da,
deinen Zauber so wunderbar.
Möge er doch nie vergehen!
Wir stimmen uns leise ein,
auf die heilige Nacht,
im Scheine des Abends da,
glitzerst du leis'
im Mondenlicht.
Schneeflocke fein,
du scheinst auf deine Weise doch
still.

Blume – Blume blühe fein

Allein zu Weihnacht' soll
es sein,
ein Blühen bunt,
und wunderschön.

In Farben, die du oft geseh'n,
und vor Freude warst du
entzückt,
denn an Weihnacht' bringt der
Weihnachtsstern dir dein Glück.

Blume – Blume blühe fein,
Weihnachtsstern,
dort – ja dort,
blühst du nicht allein,
vielfach bist du da
und verzauberst in Fern und Nah.

Weihnachtsstern – Weihnachtsstern,
leuchtest mir
dort so voller Farbenpracht,
wundervoll ist doch die Natur –
und von Traurigkeit fehlt jede Spur.

Heilige Nacht,
mein Glück, es lacht,
denn es hat sich mir zu dieser Stund' gebracht,
waren Sorgen einmal da,
sind sie fort.

Denn Weihnachtsstern und Tannenbaum,
ja die Natur,

bringen Groß und Klein
Freude nur.
So wunderschön strahlst DU Blume
mit dem Christbaum,
kommt es mir vor wie in einem Traum.

Verzaubert blicke ich zu dir,
Weihnachtsstern,
du Stern der Weihnacht,
gehörst für mich dazu.
Bringst mir die Weihnachtsfreude,
bin heute in dieser Heiligen Nacht
ohne Sorge,
denke an alle Menschen, die ich mag,
und wünsche Glück, Gesundheit
und viele Tage voller Freude
auf dieser Erde.

Für alle Zeit – und dass in jedem Mensch
der Frieden im Herzen bleibt.

Vor der Zeit so oft geflohen

Damals
vor der Zeit so oft geflohen,
Zeit, die verging
so oft
für mich,
oft ohne Sinn.

Damals
vor meiner Sehnsucht so oft geflohen,
Sehnsucht,
die tief in mir war drin,
doch da
so schwer.

Damals
vor der Zeit,
bis ich dich traf,
nicht geflohen bin ich doch vor dem Gefühl,
heute danke ich der Zeit dafür,
brachte sie mich näher da zu dir
im Gefühl.

Heute
flieh ich nicht mehr vor der Zeit,
der Sehnsucht,
denn die Zeit
hält mir die Sehnsucht fern,
diese Zeit,
die ich bei dir bin.

Apfel, Apfel

Apfel, Apfel,
wie wunderschön,
du liegst vor mir so köstlich da,
rot dein Kleid,
wie ich es mag.
Saftig, frisch und fruchtig du im Korb doch lagst,
ich konnte dir nicht widerstehen, biss hinein
und fand es fein,
dein Geschmack so wundervoll,
dich zu essen, Apfel, Apfel, find' ich toll.
Gesund bist du ja so sehr,
von dir, Apfel, Apfel,
esse ich gern lieber mehr.
Als Pausenbrot auch gern gesehen
und statt der Schokolade dann sogar,
find' ich dich, Apfel, Apfel,
doch so wunderbar!
Du bist so lecker anzusehen,
und gibst Vitamine mir,
gesund zu leben ist so leicht,
wenn ich doch nach dir,
oh, Apfel, Apfel, greif!

Weil ich bin, so wie ich bin

Manches Mal,
anders,
mein Denken,
manches Mal,
anders,
mein Fühlen,
manches Mal,
anders,
meine Ansicht,
unverstanden von vielen doch so oft,
manches Mal,
anders,
manches Mal belächelt,
so von anderen,
im Stillen,
doch,
nicht nur manches Mal,
sondern immer,
nicht nur ab und zu,
bleibe ich einfach ich,
weil ich
ich bin,
so wie ich bin!

Morgenerwachen

Der Morgen liegt vor mir und es ist dunkel
Mein Kaffee läuft durch die Maschine und meine erste Zigarette brennt
Ich schau in die Dunkelheit und denke an dich
Nebel über den Wiesen, Feldern und den Wegen
Licht in Häusern – man erwacht

Heute bist du bei mir – bald – nach dem Morgenerwachen

Dunkelheit

Wir fahren die Straße im Auto entlang
und die Dunkelheit legte sich auf die Umgebung
Ich seh dich im schwachen Licht der Laternen
im Fahrzeug sitzend an und schmunzel
Du – mir so nah
Leicht streichel ich mit meinen Fingern durch dein Haar
– du siehst mich lächelnd an
Dunkelheit umgibt uns
Ich halte deine Hand

Falsche Freundin

Du hast mich benutzt – betrogen und belogen
zu stärken dein Ego an meiner Naivität, dir zu glauben
Du lachtest mir ins Gesicht wohl wissend der Lüge, die du sprachst
Wolltest du mich täuschen über dein Ich, das nicht ist
Willst du sein die Frau, die du nicht bist

Abwesenheit

Heute Morgen bist du gefahren – geschäftlich unterwegs
weg von mir
Heute Morgen haben wir telefoniert
– du sagst, du liebst mich wie ich dich
Heute Mittag kam eine SMS – du vermisst mich
deine Abwesenheit verwirrt meinen Geist
und doch
Heute Abend liege ich in deinen Armen, um dir zu sagen:
bleib – immer und immerzu

Deine Augen

Wärmend sind sie
liebend sehen sie
strahlend lachen sie
leise reden sie
verlieren werde ich mich in ihnen

Stimmen im Hintergrund

Da sind sie
Sie flüstern über andere, doch ich nehme sie nicht wahr
Sie lachen über uns, doch ich fühle mich nicht betroffen
Sie

Stimmen im Hintergrund

Sie

Sie ruht so stark in sich ... und ihre Zweifel zerbrechen sie nicht
Sie denkt so tief mit sich ... doch ihr Bangen ängstigt sie nicht
Sie fühlt so weit durch sich ... doch ihr Misstrauen entmutigt sie nicht

Sie ruht so stark in sich ... und für nichts verbiegt sie sich!

Ich liebe dich

du gibst mir Kraft und Hoffnung – ich liebe dich
du schenkst mir Freudenstrahlen in die Augen – ich liebe dich
du wärmst mich durch deine Herzensglut – ich liebe dich
du träumst mit mir die Träume, die uns gemeinsam glücklich machen
– ich liebe dich
du bist mir vertrauter, wenn alles fremd um mich ist – ich liebe dich
du gehst mit mir die verborgenen Wege meiner Seele – ich liebe dich
du zeigst mir die Seiten meines Herzens – ich liebe dich
du bringst die Schattenseiten in mir zum Schweigen – ich liebe dich
du lässt mich die positiven Seiten des Lebens sehen – ich liebe dich
du gibst mir Ruhe durch deine ruhige Art durchs Leben zu gehen
– ich liebe dich
du bist mir das Licht in manch dunklen Gedanken – ich liebe dich

du bist du, der du bist – ich liebe dich

Lass es wahre Liebe sein

wenn die Realität schöner als ein Traum
wenn der Moment in deinen Armen für die Unendlichkeit gedacht
wenn das Gefühl das Herz und die Seele redend macht
wenn der Körperhunger laut spricht
wenn das Universum greifbar ist im Glück

... dann lass es wahre Liebe sein!

Gedanken von mir

ich lief durch dunkle Gassen in mir
getrieben von einer Sehnsucht nach dir
deinen Namen, dein Gesicht kannte ich nicht
nicht wissend, woher und wohin
nur fühlend, es macht einen Sinn, zu hoffen

ich lief durch Schluchten der Vergangenheit
geführt von einer unsichtbaren Hand
deine Gefühle und Gedanken nicht ahnend
nicht sehen können das Warum
nur fühlend – es macht einen Sinn zu hoffen

und dann standest du vor meiner Tür
mich findend in deinem Armen tiefer zu mir
fliegend in Träumen mit dir vom ewigen Glück der Liebe das Wir!

Wogen des Glücks

Ich liege am Strand der Geborgenheit
Wellen der Wärme umspielen mich
Mich gleiten lassen in die Flut der Glückseligkeit
Schwimmend in einem Meer von deiner Liebe
Mich ausruhend auf einer Insel deiner Warmherzigkeit
Erkennend dein Sein in den Wolken am Himmel
Strahlender Sonnenschein durch deinen Humor
Zurückschwimmend im Meer deiner Herzlichkeit
Gefunden durch dich in deiner Seele
ich mich

Irrwege durch Straßen im Nebel

schwitzend laufe ich schneller und schneller durch die Nebel – Straßen
verängstigt blicke ich hinter mich – wer folgt mir? Folgt mir wer?
Meinen schnellen Atem spüre ich
Herzklopfen pochen an meine Brust
Schwindelig laufe ich weiter
eine Schattengestalt steht am Ende der Straße
weit ausgebreitete Arme mich tröstend in sich zu empfangen
Du
Retter meines Laufs durch Nebel – Straßen
strahlend stehst du im Licht
geborgen fühlend ich zur Ruhe komme bei dir
dann wache ich auf
lächelnd noch wegen der Erinnerung des Traumes
und der Geborgenheit
Traumbegleiter du

Gefühle der Nacht

Gefühle der Nacht
für immer erwacht!
In deinen Armen zu liegen
den Frieden in mir zu spüren.

Gefühle der Nacht
für immer erwacht!
In deinem Herzen geborgen
mich um nichts mehr zu sorgen.

Gefühle der Nacht
für immer erwacht!
Mit dir eins zu werden
und vieles von dir zu lernen.

Tränen

Tränen sind unser Wasser der Gefühle
sie fließen bei Schmerz
sie fließen bei Überraschung
sie fließen bei Enttäuschung
aber sie fließen auch bei Freude
Wir sammeln sie in einem Meer der Gefühle
und füllen sie mit unserem Sein.

Erfreuen wir uns der Tränen, die so bereinigend sein können.

Im Fieber des Wir

wir finden uns im Scheine des Kerzenlichts
Hauthunger in uns
Körper, die sich finden
Gefühle, die uns fliegen lassen
Gerüche des Wir und das überall um uns herum im Fluge durch die Zeit
landen in dem Bewusstsein wir – erleben ganz tief im Rausche der Sinne
du – ich: wir ... getrennt und eins im Fieber des Wir
Leidenschaft die wir finden
du – ich – wir – uns – tiefer und tiefer – Fieber des Wir
wir – im Fieber des Jetzt – wir uns – du mich – ich dich
– im Rausche des Fiebers des Jetzt
du und ich – wir
im Fieber des Wir

Sie liebt die Sonne

An kalten Tagen im Winter hält sie ihr Gesicht der Sonne entgegen
Den Frühlingstagen sehnt sie sich entgegen
die Sonnenstrahlen erwartend
Im Sommer sitzend in einer Wiese die Sonne auf ihrer Haut genießend
Herbsttage ziehen durchs Land
und sie geht im Sonnenscheine durch Laub bedeckte Straßen

Für mein Herz

Wie die Wärme des Sonnenstrahls an kalten Wintertagen,
so möchte ich dich wärmen in rauen Zeiten.

Wie die Wärme des Sonnenstrahls an schönen Frühlingstagen,
so möchte ich dich wärmen durch meine Liebe
und dich erblühen lassen.

Wie die Wärme des Sonnenstrahls an warmen Sommertagen,
so möchte ich dich wärmen in Freude wunderbarer Momente.

Wie die Wärme des Sonnenstrahls an grauen Herbsttagen,
so möchte ich dich wärmen und dir Licht geben im Alltags-Grau.

Wie die Wärme des Sonnenstrahls zu jeder Zeit,
so möchte ich dein sein.

Sehnsucht

Sehnsucht spricht aus deinem Blick – meine Sehnsucht erwacht
Sehnsucht spricht aus deinem Streicheln – meine Sehnsucht erwacht
Sehnsucht spricht aus deinen Worten – meine Sehnsucht erwacht

Lass sie uns stillen, die Sehnsucht in einem gemeinsamen Blick,
in einem gemeinsamen Streicheln
und aus gemeinsam gesprochenen Worten.
Worte der Liebe!

Stummer Schrei

Sie hatte vertraut und wurde verraten
und sie schreit.

Sie hatte gegeben und wurde ausgenutzt
und sie schreit.

Sie hatte in Freundschaft empfunden und wurde nicht gehört
und sie schreit.

Sie hatte nicht gezweifelt, wo Zweifel angebracht gewesen wäre
und sie schreit.

Sie hatte gehofft, wo keine Hoffnung Boden fand
und sie schreit.

Sie schreit still vor Wut.
Niemand hört sie.
Still im Schrei – Stummer Schrei.

Und sie sagt es

Schweigend ihre Blicke –
schweigend ihre Gesten –
schweigend ihre Worte –

dann brach sie das Schweigen und sprach es aus: Ich liebe dich!

Ohrfeigen

Deine Worte schlugen in mein Gesicht.
Deine Gehässigkeiten trafen mich.
Bin von dir gegangen – fernab von dir.
Hab mich umgedreht in den Jahren – dir verzeihend.
Doch du – lächelnd mit direkten Schlag wieder ins Gesicht.
Meine Wut auf dich ist gewaltig groß.
Mein Schlag wird dich treffen.
Jahre mögen ins Land ziehen.
Tagein Tagaus ich atmend.
Mich befreiend von meiner Wut.
Kein Schlag von mir wird dich treffen.
Befreit im Heute und Jetzt.
Noch wissend der Vergangenheit – was war.
Wissend die Gegenwart was ist.
Doch für die Zukunft bist du nichts.

Hilflose Hilfe

Sie bietet die Hand in hilfloser Hilfe an
Nicht Hilfe bieten könnend durch ihren Egoismus
Sie durchläuft die Hilfeleistung mit ausgestreckter Hand
nach einer Gegenleistung
Rechnet auf die Rechnung des Egoisten in ihr
Ich war für dich da – was kannst du jetzt für mich tun
Nicht selbstlos gebend, sondern egoistisch fordernd – sie
In hilfloser Hilfe bietet sie ihre Hilfe hilflos an.
Mahnend der hilflosen geleisteten Hilfe an Hilflos Hilfe Bedürftigen.
Hilflos die da, die ihre Hilflos geleisteten Hilfe annahmen.

Du – sitzend nebenan

Wütend die Schuhe ruhig im Gang abstellend
Aufgebracht Kaffee trinkend mit dir
Worte des Zorns verlassen meinen Mund
Ich sehe sie im Raum zu dir hinfliegen
Schneidend die gesagten Worte im Raum
Ruhend mich ansehend und reden lassend – du
Du bist im anderen Raum – arbeitend
Sonnenstrahlen suchen sich ihren Weg in mein Herz
Lächelnd ich
Ich höre dich – im anderen Raum
Du – Dich
Stelle mir dein Atmen vor
Arbeitend vor dich hin und doch bei mir – in Gedanken
Ich kann dich hören – fühlen – erahnen
Meine Gedanken sind in der nahen Zukunft – sind bei dir
Nach dem Januar, den wir haben, kommt der Frühling
Winter ade
Ich fühle mich dir – dort drüben – nah

Wundersame Orte

Sie stieg die Treppen zu sich hinauf und öffnete die Türe der Selbsterkennung zu einem Raum, der da hieß Inneres Glück. Sie hielt sich lange darin auf – strahlend vor Glück! Geborgen im Raume in sich selbst – durch sich selbst. Strahlend vor Glück!

Moderne Blutsauger

sie saugen und beuten dich aus
– moderne Blutsauger
sie rauben dir den Nerv und hinterlassen ein Chaos
–moderne Blutsauger
sie streiten mit Taten
– moderne Blutsauger
sie beißen und kratzen mit Worten
–moderne Blutsauger
sie können dir in die Augen sehen und lächeln,
während sie dich finanziell aussaugen
– moderne Blutsauger
sie leben unter uns
– moderne Blutsauger
sie nehmen deine Kraft und hinterlassen nur Leere in dir
– moderne Blutsauger
sie sind wie Motten, die ins immerwährende licht fliegen!

du erkennst sie an ihren braunen, blonden oder schwarzem Haar
– mit stechenden Augen – sonnenklar!

vermeiden kannst du die Blutsauger immerdar
– verschließ ihnen die Tür und hör ihnen nicht zu!
verbarrikadiere dich, so gut es geht, denn sie leben unter uns
– moderne Blutsauger im neuen Jahr!

Wut im Bauch

Brodelnd in mir ist sie da
kann keine klaren Worte mehr in meinem Kopf denken
Wärme zieht in meinen Bauch
mein Gesicht wird rot
Wut im Bauch

Ich spreche die Worte des Zornes leise
alles in mir wird ruhig
ich bin gefasst
meine Hände werden zittrig
Wut im Bauch

Tief atme ich die wütenden Gedanken in mir weg
Ruhiger noch atmend
Lächelnd die nicht gesprochenen Worte runterschluckend
friedliche Stimmung macht sich breit
ich werde noch gelassener

keine Wut mehr im Bauch

Worte der Wut

Da ist sie – die Streitsituation
Ich stehe vor dir
Blitzend meine Augen im Zorn
Wut-Worte finden sich Raum in meinen Gedanken
Ich denke sie und spreche sie nicht
Nicht eingehend in deine Provokation
Schweigen in mir
Ich ersticke fast an meinen Worten
Sie brennen sich in meinen Kopf
Stille Schreie in mir
Dich ansehend im Zorn
Ich drehe mich ab von dir
Worte in mich reinschluckend

Meine verschiedenen Gesichter

Mal bin ich elegant wie eine Dame
Dann wieder lieblich wie eine Lady
Tanzend durch Wiesen das kleine Mädchen
Managend meine kleine Familie
wie eine Führungsposition in einem Unternehmen
Zankend wie ein altes Waschweib
um dann wieder friedlich wie eine Elfe zu sein
Kämpfend den Kampf einer Kämpferin um zu Siegen
Lehrerin an manchen Tagen
Krankenschwester bei kleinem Zahnweh
Psychologin in manchen Situationen
Märchentante im Alltags-Leben

Die Zeit rinnt dahin

Blickend auf die Uhr
die Sekunden gehen nicht vorbei
In einer Stunde sind 60 Minuten vergangen
Die Woche sagt mir, dass 7 Tage vergangen sind
In einem Monat zählte ich die vergangen Tage
Wo bleibt die Zeit?
Rückblickend an Silvester denke ich über das vergangene Jahr nach
Das Jahr im Kreise meiner Lieben war gut
Ich danke dem Jahr für seine Gaben
Dort stehend am Fenster
Den fallenden Schnee betrachtend
Das Weiße glitzern auf den Bäumen und Wiesen und Dächern ansehend
Danke für das vergangene Jahr
Es war gut
Danke, meine Lieben, dass es euch gibt!

Das Jahr mit dir – für Alfred

Ich denke zurück, wie es war
unser Jahr
An manchen Tagen, so erinnere ich mich, hast du mich getröstet
Viele Tage des herzlichen Lachens mit dir
Die vielen Küsse kann ich nicht zählen
Streichelnd deine Hände meinen Körper in vielen Momenten
Mich dir hingebend zu vielen Zeiten
Dich liebend das ganze Jahr über
Mehr und mehr dich kennenlernend
Situationen gemeistert dieses Jahr – Hand in Hand
Danke, mein Schatz, für das gemeinsame Jahr!

Steh zu mir

wenn andere über mich reden
... bitte steh zu mir
wenn andere über mich lachen
... bitte steh zu mir
wenn andere Wellen des Lebens über mich brechen
... bitte steh zu mir
wenn andere dunkle Gassen durch mein Leben führen
... bitte steh zu mir
wenn andere Gedanken mein denken verwirren
... bitte steh zu mir
wenn andere Gefühle mein Gefühl verunsichert
... bitte steh zu mir
... steh zu mir,
wenn ich alleine am Abgrund steh, und halte mich fest

Schatten

halte die Schatten an der Wand von mir entfernt
halte die Schmerzen an meinen Körper von mir entfernt
halte die schwarzen Gedanken in meinem Kopf von mir entfernt
halte die Trauer um eine schwarze Vergangenheit von mir entfernt
halte die Einsamkeit in Zeiten ohne dich von mir entfernt
halte die Tränen der Zweifel von mir entfernt

halte die Schatten von mir entfernt – durch dein Sein

Der kleine Mann im Ohr

Der kleine Mann im Ohr – er sprach uns Zweifel vor. Er ließ sich nicht verdrängen und konnte uns so blenden.

Der kleine Mann im Ohr – er hielt uns Schuld oft vor. Er ließ sich nicht abstellen und konnte uns oft quälen.

Der kleine Mann im Ohr – er ging bald seiner Wege und kam uns nicht mehr ins Gehege.

Der kleine Mann im Ohr ist fort – welcher schöner stiller Ort!

Der stille Ort ist jetzt in uns. Ohne Zweifel und Schuld zu leben, ist ab sofort keine große Kunst!

Der alte Mann

Stumm wissend die Erfahrungen eines langen Lebens in sich tragend
auf seinen Schultern tragend das Leid eines schicksalhaften Lebens
gebeugt die Haltung – schweren Schrittes
alt in der heutigen Zeit
Einsamkeit nimmt ihn gefangen
Fragend in sich horchend nach des Lebenszeit der verbleibenden für ihn
ein kleines Lächeln umspielt seine Lippen
gelebt ein Leben – Weisheit gebend
er ist
Ruhend in der erlebten Zeit des Lebens Zeit
Erinnerungen an gestern
Lächeln

Seine Zeit war erlebte Zeit

alt geworden in der Zeit der Schnelligkeit
graues Haar und zitternde Hand
Lächelnd der Weisheit um vergangener Tage
Er
Wissend der Zeit die im verbleibt
Alt
Seine Zeit war erlebte Zeit

Die Tage der Sehnsucht – nebelige Schatten

der Nebel zieht um die Wiesen
glatt die Straßen
der Nebel der Gedanken lichtet sich
freies Gedankengut gelebt im Heute
Schatten der Vergangenheit wie Nebelschwaden auf dem Gemüt
Lachend im Jetzt
Freuend der Zukunft entgegensehend
– Frühling der Gefühle und kommend die neue Jahreszeit
die Tage der Sehnsucht – Frühling und Sommer

Die Vorboten des Frühlings

auf den Wiesen Nebel
Sonne blitzt durch die Wolken
Boten einer Zeit der Fröhlichkeit
Wartend im Jetzt
Zukunftsfrühling im Bald
Blumen erblühen wissend
Lebensfreude
Bald

Die Sommergedanken

sie verfestigen sich in mir – die Sommergedanken
sie beleben mich – die Sommergedanken
sie erheitern mich – die Sommergedanken
sie spenden mir Kraft – die Sommergedanken
die Sommergedanken danken dem Sommer

Oh, ihr wunderbaren Jahreszeiten

der Frühling schenkt mir Heiterkeit
im Sommer mir die Sonne schmeckt
Laub im Herbst die Straßen schmückt
Winter schenkt Besinnlichkeit
Oh, ihr wunderbaren Jahreszeiten
erfreut ich mich an euch labe
Oh, ihr wunderbaren Jahreszeiten
schenkt der Freude mir so viel

Sie sprach von Freundschaft

sitzend beim Kaffee sie sprach von Freundschaft
redend von Freundschaft zu mir – sie
nicht in die Augen blicken können beim Worte Freundschaft
Taten sie sprachen von Lüge bei ihr
noch gehend fernab von mir sprach sie von Freundschaft
Freundschaft ihr Wort der Eitelkeit ihrer Taten
sich schmückend des Wortes Freundschaft – sie zu mir
nie sprach ich von Freundschaft zu ihr
Freundschaft ein Wort nie gelebt in der Tat

Er hat sie betrogen

Sein Worte war schönster Klang voller Harmonie
Geredet der Stunden beider gar viel
Doch Taten, die waren, sprachen von Lug und Trug
Er hat sie betrogen und um ihre Gefühle belogen
Sie ging von ihm fort an einen besseren Ort
In den Armen des anderen fand sie Erfüllung
So lebt sie fortan zufrieden im Jetzt
der Zukunft entgegen im Glück und der Liebe
zufrieden im Heute
nie mehr allein
nie mehr belogen und betrogen

Geschlechterkampf

er hat gesagt – also ist sie
sie hat getan – also ist er
sie nehmen sich beide nichts und lassen keinen Raum
weder geben sie nach noch geben sie zu
Schuldfrage beider
er hat – sie hat
keine Einigung auf Zeit
Geschlechterkampf

Der Hoffnung Schimmer am Horizont

durchwachte Nächte der Einsamkeit
erlebte Ängste bei Nacht
Dunkelheit auf der Seele einer erlebten Vergangenheit
Sonnenstrahlen im Jetzt
Der Hoffnung Schimmer am Horizont
gelebtes Glück
Liebe
glückbringende Zukunft der Liebe

Sie strahlt

der Schönheit Glanz in ihren Augen
sie strahlt
Ausstrahlung
Glücklich im Heute
Charisma im Sein
sie strahlt
von innen nach außen
der Liebe Schönheit
ihre Schönheit
sie strahlt
aus Liebe
der Liebe Glanz
Glück im Jetzt
sie strahlt

Die Chance

Worte erkannt durch des Fremden Verstand
geliebte Zeilen in fremder Hand
gelesen im Heute
geschätzt im Jetzt
die Chance

Deine Worte

aufbauend – deine Worte
aufmunternd – deine Worte
erheiternd – deine Worte
voller Verständnis – deine Worte
Lachen bringend – deine Worte
deine Worte tun mir gut

Sie hört zu

mich reden lassend – sie hört zu
mich weinen lassend – sie hört zu
mich schreien lassend – sie hört zu
mich schweigen lassend – sie hört zu
mich toben lassend – sie hört zu
sie ist da und hört einfach zu

Du bist

du bist gebend – du bist der du bist
du bist liebend – du bist der du bist
du bist aufmunternd – du bist der du bist
du bist verzeihend – du bist der du bist
du bist aufheiternd – du bist der du bist
du bist nehmend – du bist der du bist
du bist abwartend – du bist der du bist
du bist still – du bist der du bist
du bist ruhig – du bist der du bist
du bist alles für mich – du bist der du bist
du bist meine Liebe – du bist der du bist
du bist mein Glück – du bist der du bist
du bist du – du bist der du bist

Frühlingsrufen

die Sonne scheint schon morgens durchs Fenster
– Frühlingsrufen
die Krokusse erheben sich aus der Erde
– Frühlingsrufen
warme Temperaturen laden zum verweilen im Garten ein
– Frühlingsrufen
ein Junge ist mit seinem Hund auf den Wiesen
– Frühlingsrufen

Frühlingsrufen
– wie gerne folge ich dir

Der neue Tag

Dunkelheit liegt noch auf der Natur
erwachend aus einem schönen Traum – ich
ich folge dem Ruf des Morgens
Kaffeeduft in der Wohnung
Tag was wirst du mir an Überraschungen bringen
neuer Tag du liegst so geheimnisvoll vor mir
gut gelaunt trinke ich den Schlaf mit einem Kaffee völlig weg
neuer Tag ich freue mich auf dich
Kinderlachen am Morgen
Fröhlichkeit liegt in der Luft
Sonne blinzelt durch die Wolken hervor
wärmende Gedanken an dich schon in aller Frühe
neuer Tag, ich begrüße dich freudig

Meine Gedanken fliegen zu dir

Du bist – ja was bist du mir?
In Worte kann ich nicht ausdrücken, was du mir bist!
Du! Bist so vieles für mich. Alles bist du mir.
Partner, Freund, Mentor, Lehrer, Arzt, Kavalier und mehr
Du! Dich anzusehen, ist Freude pur.
Lächeln – in mir zu dir.
Ich liebe deine Augen, die mich anblicken.
Dein Lächeln, das mich wärmt.
Du! Bist so vieles für mich. Alles bist du mir.

Ohne dich sein – kann ich nicht mehr

Sitzend denke ich nach.
Wie waren die Tage ohne dich?
Leer waren sie vor dir. Ängstlich. Verzweifelnd.
Wie waren die Tage zu leben ohne dich?
Einsam waren sie vor dir. Alleinseinsgefühle in mir.
Wie waren die Tage zu glauben ohne dich?
Bittend, ja flehend nach dir waren sie. Hoffend. Bettelnd.
Ohne dich sein – kann ich nicht mehr.
Die Tage ohne dich waren zu leer.

Dein Lächeln

es wärmt – dein Lächeln
es erfreut – dein Lächeln
es gibt Hoffnung – dein Lächeln
es gibt Liebe – dein Lächeln

Du bist Wärme an einsamen Tagen

Seit ich dich kenne, ist Wärme in mir – Wärme an einsamen Tagen.
Seit ich dich liebe, ist Wärme in mir – Wärme an kalten Tagen.
Seit ich dich sehe, ist Wärme in mir – Wärme an hoffnungslosen Tagen.
Seit ich dich hoffe, ist Wärme in mir – Wärme an verzweifelten Tagen.
Seit ich dich ersehne, ist Wärme in mir – Wärme an nebligen Tagen.
Du bist Wärme an allen Tagen.

Begrüßung am Morgen

sie streicht mir an den Füssen entlang
blickend aus wunderbaren Augen
mit ihrem Miau verzaubert sie mich
glücklich sie zu schnurren vermag

Erwachend im Glück durch dich

Schlafensmüde dich anlächelnd
Aufwachend in deinem Armen
Geborgenheit durch deinen Blick
Mich hingebend der Wärme deiner Umarmung
Erwachend im Glück durch dich

Zweisamkeit – entgegen der Einsamkeit

Entgegen der Einsamkeit ist Zweisamkeit zu leben mit dir.
Der Einsamkeit entfliehend in deinem Armen der Zweisamkeit.
Nieder der Einsamkeit mich findend in unserer gelebten Zweisamkeit.
Zweisamkeit erlebend im Jetzt und im Hier – mit dir.

Du bist meine Kraft

Kraft spendend hältst du mich in deinen Armen
vertreibst die düsteren Gedanken mit deinen Worten
Du bist meine Kraft
Kraft gebend durch dein Lächeln
vertreibst die negativen Gefühle
Du bist meine Kraft
Kraft schenkend durch dein Sein
vertreibst die Hoffnungslosigkeit
Du bist meine Kraft

Frühling

Frühlingsduft
Frühlingsluft
Frühlingslust
Frühlingserwachen
Frühling kommt

Oh Frühling, der du mir Wonne bist

mein Herzschlag schlägt für dich, oh Frühling
der Sonnenschein drängt in mein Herz hinein
Frühlingsduft liegt in der Luft
meine Lust auf Frühling ist erwacht
schon fast in der Nacht
mit einem Male warst du da
Oh Frühling, der du mir Wonne bist

Kinderlachen kann uns glücklich machen

mal laut – mal leise kann man es hören
Kinderlachen kann uns glücklich machen

mal hoch – mal tief kann man es hören
Kinderlachen kann uns glücklich machen

mal heiter – mal gescheiter kann man es hören
Kinderlachen kann uns glücklich machen

Wahre Worte des Kindes Mund

sie nehmen die Welt mit ihren Augen wahr
sie leben in Fantasie ganz wunderbar
sie geben dir die Hand in Freude
sie gehen zu auf fremde Leute
wahre Worte des Kindes Mundes
aus uns kommt ein Lachen, ein gesundes

Maigoldduft

oh Mai, wie duftest du so golden
erstrahlst im herrlichen Sonnenschein
du spendest uns viel Lebensfreude
wenn Blumen blühen und Bäume erstrahlen

oh Mai, wie blühst du so duftend
erblühst die Welt in Farbenpracht
du schenkst uns täglich viel Energie
so romantisch wie heute warst du noch nie

oh Mai, wie erstrahlst du so duftend
erheiterst die Welt in Harmonie
du gibst uns täglich deine Wärme
die Zeit mit dir ist wunderbar

Ruhige Ruhezeiten

die Nacht zeigt ihr Gesicht durchs Fenster
leise singt das eine Lied von der großen Liebe
ein Glas Wein auf dem Tisch
du sitzt neben mir
und schaust mich aus warmen Augen so liebevoll an
gemütliches Schweigen
eng umarmt liegen wir auf der Couch
genießend die Ruhe in uns
Ruhige Ruhezeiten
zwischen dir und mir

Wohltuender Genuss

die Sonne bricht sich durch das Fenster
Musik im Hintergrund
kein Lärm, der stören könnte
alles ruhig
ein Glas Wasser auf dem Tisch
tiefes Ein- und Ausatmen
Entspannung
Flug in schöne Gedanken
Träumend von einer Zukunft voller Glück
Relaxt dem Tag entgegengehend
Wohltuender Genuss in Ruhe der Zufriedenheit

Inneres Gleichgewicht

rastlos – atemlos – entgegengerannt
dir
Inneres Gleichgewicht
dich findend – in Ruhe – ruhend in mir
gleitend in Harmonie mit dem Sein meines Ichs
dich erfahrend – in Freude – freudig in mir
dich
Inneres Gleichgewicht

Kummervolle Tage – frei des Kummers durchs Glück

manchmal bangen wir den Tagen entgegen
und doch fliegen wir
frei des Kummers durchs Glück

manchmal verzweifeln wir der kummervollen Tagen
und doch werden wir getragen
frei des Kummers durchs Glück

manchmal verängstigen wir den Schicksalen vieler kummervoller Tagen
und doch werden wir erlöst
frei des Kummers durchs Glück

Kummervolle Tage – frei des Kummers durchs Glück

Wenn du gehst – bin ich nicht mehr

wenn du gehst – geht ein Teil von mir mit dir
wenn du gehst – verliert das Strahlen meiner Augen den Glanz
wenn du gehst – lebe ich nicht mehr die Schönheit des Tages
wenn du gehst – bin ich nicht mehr

Du bist der Stein der Erkenntnis

Du liegst da wie ein Wunder der Natur – bist der Stein der Erkenntnis
Du stehst da wie ein Fels in der Brandung – bist der Stein der Erkenntnis
Du gibst Kraft in der Verzweiflung – bist der Stein der Erkenntnis
Du gibst Antworten auf Fragen – bist der Stein der Erkenntnis
Du gibst Halt in wackligen Zeiten – bist der Stein der Erkenntnis
Du gibst Mut in hoffnungslosen Tagen – bist der Stein der Erkenntnis
Du gibst Liebe zu allen Zeiten – bist der Stein der Erkenntnis

Licht im Nebel

zweifelnd ging ich durch die Tage
hoffend zu finden das große Glück

bangend ging ich durch die Zeiten
wünschend zu finden die große Liebe

bittend ging ich durch die Jahre
erwartend zu finden den Weg zu mir
Licht im Nebel, der du mir bist
leuchte mir an Tagen ohne endende Frist

Mut

nicht verängstigt – weiter gehend – Schritt für Schritt
Mut
nicht bangend – weiter laufend – der Zukunft entgegen
Mut
nicht zweifelnd – weiter fliegend – den Träumen näher
Mut
gehenden – laufenden – fliegenden Möglichkeiten entgegen des Glücks
Mut

Hoffnungsschimmer am Horizont

ängstliche Verzweiflung raubt den Atem
fliehend entgegen der Realität
Schicksalsschläge lähmen den Gang
Hände ausstreckend einer Hoffnung entgegen
aus dem Sumpf einer erlebten Fassungslosigkeit
tiefes Atmen bis unter die Haut
Bauchgefühl eines zweifelnden Gedankens
hinnehmend im Frust einer grausamen Wirklichkeit
dann
aufatmend
lauschend
wollend – du – Hoffnungsschimmer am Horizont
– Schritt haltend mit dem Glück

Gedanken zur Hoffnung

vergängliches Erleben eines grausamen Schicksals
verzweifelnd in Dunkelheit der Gedanken
hinnehmend des Schicksals weiteren Lauf
einatmend die aufkommende Hoffnung
positiver Kraft spendender Gedanke formt
sich seinen Weg ins Bewusstsein hinein
Gefühle voller neu erlebter Energie
heraus aus dem Elend
kraftvolles Gehen einen Weges gerade entlang
Glück – Wärme gebendes Du – wie du nun einmal bist
Hoffnung so tief in einem – befreit in der Kraft des Ichs
erlebte Hoffnung und gefühlter Mut
Schritt für Schritt einer farbenfrohen Zukunft entgegen
Harmonie der Gedanken
Heute und Jetzt
Kraft

Sonnenstrahl

In dir bist du – ja du bist – in dir – Güte
Du bist – in dir – ja – bist du – ein Sonnenstrahl an nebligen Tagen
Ja du – bist du? – wirst du nie anders sein?
– gütiger Sonnenstrahl für mich!
Sonnenstrahl – der du bist – wärmend im Streicheln meiner Haut
– du – ja – du bist!
Güte – du – in dir – du bist – Sonnenstrahl meines Lebens
– du – der du bist wie du bist!

Du bist Güte

Wie konnte ich nur?
Dir unrecht zu tun?
Dich anzuzweifeln?
Du bist Güte in dir!

Wie konnte ich nur?
Dich angreifen?
Dich zu hinterfragen?
Du bist Güte in dir!

Wie konnte ich nur?
Dich zu verletzen?
Dich auf mich sauer zu machen?
Du bist Güte in dir!

Der Wahrheit letzter Schluss

manchmal kann ich so sein – so – in mir – verletzend
in mir – bin ich – zornig
zornig – auf dich – manchmal – selten – verletzend
Unrecht sprechend – in Beschuldigungen
– Dir – gegenüber – entgegen bringend – ich
doch der Wahrheit letzter Schluss – ich liebe dich so sehr!

Du bist fehlerlos

Verletzend an manchen Tagen
Dich
Bin nicht fehlerlos

Angreifend in manchen Situationen
Dich
Bin nicht fehlerlos

Unrecht tuend
Dir
Bin nicht fehlerlos

Doch du bist Güte!
Du bist Wärme!
Du bist meine Liebe!
Du bist die Verzeihung!
Du bist nicht nachtragend!

Bin nicht fehlerlos!

Verzeih mir

da stehend – hoffend – in mir
an dich denkend – fragend
dich bittend
sagend:
Verzeih mir

Nur ein Wort: Verzeih

ein kleines Wort nur
Gehaltvoll
Kraftvoll
Wahr
Bittend
Hoffend
Liebend
Verzeih

Abenddämmerung

die Stunden zogen ins Land
die Natur beugt sich der beginnenden Dunkelheit und versinkt
die Sonne verabschiedet sich langsam
Schatten werden bald an die Wand geworfen werden
Kerzenlicht zaubert schon ihre Gemütlichkeit ins Gemüt
zurückblickend auf den erlebten Tag
Ruhend
Genießend im Rückblick auf das was war
Zufriedenheit breitet sich in einem aus
Der Tag verabschiedet sich und erlaubt der Nacht Einzug zu halten
Abenddämmerung

Realitätsverlust

die Welt ändert sich – verändert sich
verschiebt sich
kommt auf mich zu
geht von mir weg
anders
Realitätsverlust

die Welt ist nicht mehr – hat sich verändert
gaukelt mir sich vor
anders
kommt auf mich zu
geht von mir
anders
Realitätsverlust

die Welt ist so nicht mehr da – verändert – anders
verschiebt sich mir vorgaukelnd etwas
anders
kommt auf mich zu
geht von mir
anders
Realitätsverlust

die Welt ist wieder so da – bekannt
formt sich zu Vertrautem
bekannt
ist da
bleibt
Realität

Der Tag trägt neue Blüten

Ein neuer Tag bricht sich durch die Dunkelheit
Was bringst du mir heute?
Freud oder Leid?
Du zeigst dich mir heute mit einen wunderbaren Himmel
Wolken ziehen vorbei
Der Wald liegt noch im Nebel
In den Häusern wird langsam Licht
Leben erwacht aus tiefem Schlafe
Der Tag trägt neue Blüten
Freud oder Leid?
Wer weiß?

Wunderbarer Morgen

Wolken ziehen am Himmel entlang
Sonne scheint schon durchs Fenster
gute Laune macht sich in mir breit
Kaffeeduft in der Wohnung riecht köstlich
Leben erwacht aus tiefstem Schlaf
Lichter in den Häusern
der Wald liegt noch im Nebel
Fröhlichkeit in mir
Wunderbarer Morgen bist schon ganz nah jetzt hier

Oh Frühling

Oh Frühling, der du bist – mir so hold
lass mich fliegen auf deinen Schwingen ins Sonnenlicht

Oh Frühling, der du zeigst mir dein Kleid
lass mich träumen vom Glück zu zweit

Oh Frühling, der du mich verzauberst so sehr
lass mich liegen in einem Blütenmeer

Oh Frühling, der du so romantisch mich sinnst
lass mich dich lieben,
dass du an Schönheit für mich noch mehr gewinnst

Frühlingslaunenduft

der Frühlingslaunenduft kommt mit den Sonnenstrahlen
schwingt sich von Strahl zu Strahl direkt in mein Herz hinein
die gute Laune kommt
meine Stimmung ist famos
ach Frühlingslaunenduft, wie bist du unendlich groß

Oh Frühling, komm zu mir

komm Frühling, komm zu mir und setz dich zu mir nieder
ich warte schon den Winter lang auf schöne Sonnentage
nicht kalt ist jetzt die Luft
die Wärme erfüllt die Welt
und Sonnenstrahlen pur den blauen Himmel erhellt
die Sonne lacht mich an
ich lach zurück so glücklich
Oh Frühling, komm zu mir und setz dich zu mir nieder

Der Kirschbaum

du Geselle mein – seit Kindertagen mir bekannt
gespielt hab ich in dir
gar fröhlich war mein Sinnen
du stehst so stolz seit Jahren
in uns're Garten fein
hast soviel Freude mir gebracht
mit deiner Kirschenpracht

Lass meine Gedanken …

lass meine Gedanken fliegen zu dir durch einen Kuss
auf Reisen wollen sie gehen
zu dir

lass meine Gedanken nie landen durch einen Kuss
auf Wolken schweben wollen sie
zu dir

lass meine Gedanken abheben durch einen Kuss
auf Entdeckertour gehen wollen sie
zu dir

Gedankenflug

fliegend durch Raum und Zeit
finden sie ihren Weg
zu dir
meine Gedanken sind frei wie der Wind
sind manchmal kindisch wie ein kleines Kind
drehen sich nur um dich
erzählen dir von sich
sie gehen gerne auf Reisen
auf Pfoten manchmal, auf leisen
sie landen immer wieder bei dir
du bist die größte Hoffnung in mir
nicht nur in Gedanken bist du hier

Spaziergang der Gedanken

da sind sie – meine Gedanken
gehen spazieren in meinem Kopf
ich denke an nichts besonderes
und schon ist ein besonderer Gedanke da
Gedanken – ich mache sie mir um dich und mich
... wir zwei ... für immer?
für immer nur wieder du – denke ich so bei mir
und wieder ein anderer Gedanke
in mir
geht in meinem Kopf spazieren
Zeit – was bringt noch die Zeit?
unser Schicksal?
brachte uns zusammen – schenkte uns die große Liebe
ob es uns gnädig sein wird – in der weiten Zukunft?
lächelnd lehne ich mich zurück und erträume – die Zeit
Spaziergang der Gedanken

Hoffnungsschimmer

Wartend – auf was?
Alles? Nichts besonderes – das Besondere?
Besonders bist du mein Herz!

Wartend – auf dich?
Du? Bist du hier?
Hier bist du mein Herz!

Du – mein Hoffnungsschimmer auf eine Zukunft zu zweit – für immer!

Nebel lag auf den Wiesen

heute morgen – Nebel lag auf den Wiesen
zeitig aufgewacht – mal wieder nur an dich gedacht
früh aus dem Bett gekrochen
du noch in deiner Wohnung – sicherlich schlafend
Kaffee gemacht
eine Zigarette geraucht
Stille im Haus
Nebel lag auf den Wiesen
zu dir gefahren
Du
dein liebes Lächeln – nur für mich
Dich
liebe ich
Nebel lag auf den Wiesen

Gedanke im Gedanken

da ist er – der Gedanke,
bohrt sich direkt hinein in meinen Kopf.

Ich denke gerade den Gedanken, der gedacht werden möchte,
er klopft gerade bei mir an.

Mich hingebend diesem Gedanken,
kommt ein weiterer Gedanke noch hinzu,
ich denke: an meinen Freund und wie gut es ist, dass es ihn gibt!

Durch deine Kraft

ich bin mal schwach und lieg manchmal lang wach
und doch
durch deine Kraft – ich morgens gerne von Herzen lach

ich bin mal wütend und zornig auf dich
und doch
durch deine Kraft – fang in Liebe ich immer wieder mich

ich bin mal hilflos und feige in mir
und doch
durch deine Kraft bleib ich mir treu, so dass ich mich nie verlier

Kraft meiner Gedanken

an manchen Tagen ertappe ich mich dabei, an mir zu zweifeln
Kraft meiner Gedanken hol ich mich da wieder heraus

an manchen Tagen ertappe ich mich dabei,
Negatives über andere zu denken
Kraft meiner Gedanken hol ich mich da wieder heraus

an manchen Tagen ertappe ich mich, wie ich pessimistisch bin
Kraft meiner Gedanken hol ich mich da wieder heraus

an manchen Tagen ertappe ich mich, wie ich innerlich schimpfe
Kraft meiner Gedanken hol ich mich da wieder heraus

Kraft meiner Gedanken lebe ich glücklich!

Sonnenschein des Herzens Gut

trage die Sonne im Herzen,
sie ist des Herzens größtes Gut,
geh immer aufrecht deiner Wege,
hab zur Ehrlichkeit immer den Mut,

schau nicht immer nur in die Ferne,
überdenke den Zorn in deinem Wesen,
trag nicht die Fehler der Anderen ihnen immer nach,
dann kannst du die Freude in den Augen der Nächsten lesen,

hab die Hoffnung auf bessere Tage,
gib gut auf deine Worte acht,
schenke auch mal ein kleines Lächeln einfach weiter,
dann schläfst du beruhigt über dich in der Nacht.

Sonnenschein am Himmel

frühmorgens – Kaffeeduft liegt in der Luft
die Vögel singen ihr Lied in Freude auf den Tag
die Sonne zeigt sich schon
über mir der blaue Himmel
ich sehe zu den Wolken und beginne zu fliegen
in Gedanken verweile ich einen Augenblick
Träume vom Sommer dessen Vorbote schon der Morgen heute ist
zähle die Tage und Wochen
Sonnenschein am Himmel schenkt mir heute ein sonniges Lächeln

Frage nicht nach dem Sonnenschein …

Frage nicht nach des Hoffnungs Schimmer,
denke mal über dein Inneres nach,
gehe der Wege mutig weiter,
trag den Glauben heiter in dir,
gib gut auf deine Gedanken acht,
sie werden sonst die Worte bei Nacht,
heiteres Lachen von Herzen ist dir gegeben
wünsche dir ein gutes Leben.
Frage nicht nach dem Sonnenschein – hör in dich mal selbst hinein.

Du, mein Partner, bist mir so nah

trennen sich auch mal zeitlich unsere Wege
– du, mein Partner, bist mir so nah,
gehen wir auch mal gedanklich andere Richtungen
– du, mein Partner, bist mir so nah,
sind wir auch mal anderer Ansichten
– du, mein Partner, bist mir so nah,
beenden wir abends mal unser Telefonat
– du, mein Partner, bist mir so nah,
Du, mein Partner, bist mir so nah,
im Herzen.

Am Fenster

Ich sitze am Fenster und beobachte die Wolken,
ein Mann geht mit seinen Hund spazieren.

Die Mutter schiebt ihren Kinderwagen voller Stolz,
der Wald liegt noch früh morgens im Nebel.

Mit der Kaffeetasse in der Hand verweile ich in Gedanken,
ein Gefühl von Heimat schleicht sich mir ein
so, da sitzend am Fenster.

Hier bin ich Kind gewesen,
hier bin ich zu Hause.

Heimat ist da, wo du dich geborgen fühlst, denke ich bei mir.
Ja, ich fühle mich geborgen.

Jetzt, am Fenster sitzend.

Fragend blickst du mich an

ich sehe sie – die Frage in deinen Augen,
ich höre sie – die Frage in deinen Worten,
ich fühle sie – die Frage in deinen Gesten
ich erlebe sie – die Frage in deinen Tun,

meine Antwort: Alles wird gut!

Die Weite im Herzen

gemacht durch die Liebe,
ganz einfach wunderbar.
Nie nachgedacht über: was einmal war?
Vor Glück nur gelacht,
so tief in mir,
bei Tag und bei Nacht,
hab noch nie seither übers Ende nachgedacht.
Ich hege und pflege sie immer zu,
die Weite im Herzen
und kein dran denken an Schmerzen.
Die Hoffnung auf ein sorgenfreies Leben,
ja, die Liebe kann mir das alles geben.

Die Weite im Herzen bitte finde auch du,
das Glück wirst du dann haben im Leben immerzu.

Mein Sohn …

du bist das Licht, wenn ich Nebel in meinen Gedanken habe,
du bist die Freude, wenn ich traurig bin,
du bist die Kraft, die aus deinem Lachen zu mir spricht,
du bist die Herzlichkeit, die aus deinen Augen leuchtet.

Mein Sohn, ich werde dir alles sein!

Gedanke, verweile in mir

du bist so süß und tust so gut – Gedanke, verweile in mir
du bist so erheiternd und befreiend – Gedanke, verweile in mir
du bist so aufbauend und motivierend – Gedanke, verweile in mir
du bist so stark machend und Kraft gebend – Gedanke, verweile in mir
ich denke: die Zukunft an meines Liebsten Seite gehört mir!

Durch dich

träume ich vom Glück,
lache ich vor Glück,
hoffe ich aufs Glück,
sehne ich mich aufs Glück,
habe ich das Glück,
lebe ich das Glück,

bin ich glücklich!

Zeitsprung

Durch die Vergangenheit,
hinein direkt in die Gegenwart,
doch mit Blick auf die Zukunft,
nicht nur im Traum,
sondern Jetzt!

Autos fahren vorbei ...

Ich sehe die Autos, die vorbeifahren, und denke mir:
Wohin führt euer Weg auf der Straße entlang euch?
Wer sitzt im Auto neben oder hinter euch?
Welche Stimmung habt ihr jetzt beim Fahren?
Ärgert ihr euch?
Freut ihr euch?
Seid ihr glücklich?
Glücklich, weil die Straße frei ist vor euch?
Zufrieden,weil euch der Weg an ein schönes Ziel führt?

Autos fahren vorbei ... und ich wünsche eine gute Fahrt!

Der Stein

da liegt er – so still
auf dem Fensterbrett
ruhig
der Stein
er
der ruhende Stein
ruhend der Stein in seinem Sein

Der Strauß Rosen

sie sind
in der Vase
sind sie
die Rosen
rote Rosen
sie
in der Vase
die Rosen
sie
sie sind wunderschön
die Rosen.

Träume wie Seifenblasen

Mancher Traum bleibt nur geträumt
wie Seifenblasen in der Höhe,
ziehen vor einem auf und fallen leicht hinab
oftmals schwindelnd hoch sogar und dann in seinem Kopfe,
mancher Traum so wunderbar -
geträumt soll er nur werden.
Träume sind manchmal sonderbar und wunderbar
wie Seifenblasen in der Höhe.

Der Osterhase

Der Osterhase auf dem Tisch,
er schaut so munter drein.

Er hat sich wohl für sich gedacht,
wie ist es hier doch fein.

Nun sitzt er da auf dem Tisch
und macht mir gar so viel Freud.

Zum Kaffee kommt eingeladen von mir so manch guter Freund,
sie sitzen da und schauen ihn an und sind doch froh, die Leut.

Gar süß und putzig sieht er aus,
der Osterhase.

Er macht sich wirklich gut auf dem Tisch,
neben Tulpen in der Vase.

Schwäche

Die Schwäche einst,
bei Vergangenem,
ist die Kraft durch das Gelernte,
der Vergangenheit,
aus ihr heraus,
in der Gegenwart.

Ich träumte, ich würde …

ich träumte, ich würde …
mal groß und mal stark.

Ich träumte, ich könnte …
mal laut und mal leise.

Ich träumte, ich hätte …
mal viel und mal wenig.

Ich träumte, ich wollte …
mal jetzt und mal später.

Ich meinte es nicht so

Worte gefunden,
laut geäußert,
im Streit,
dann,
der Impulsivität folgte eine Ruhe in mir,
nachdenken.
„Hey, kann ich Worte zurücknehmen?

Und am Ende wieder ich

Ich stehe mir manchmal selbst im Weg,
und dann,
am Ende bin ich doch einfach ich.

Ich widerspreche mich selbst in einem Satz,
und doch,
am Ende bin ich doch einfach ich.

Ich habe manchmal Mut und dann wieder nicht,
und doch,
am Ende bin ich doch einfach ich.

Lass mich doch einfach ich sein!

Zieh dich nicht zurück

Verletzungen,
Mauern aufbauen,
Hoffnungen finden,
Kraft tanken,
nach vorne blicken,
Wege mutig gehen,
zieh dich nicht zurück!

Es bleibt ein Staunen in mir

Die Zeit,
ich halte wegen ihr den Atem an,
gibt die Zeit mir doch manchmal stark zu denken,
menschliche Schwäche,
Fehler,
kein Bedauern oft,
es bleibt da doch ein Staunen in mir.

Du trägst mich ein Stück weiter auf dem Weg

Deine Liebe,
wärmend,
kraftgebend,
ermutigend,
Wege mit dir gehend,
Steine, die du aus dem Weg für mich legst,
du trägst mich ein Stück weiter auf dem Weg.

Die Autorin

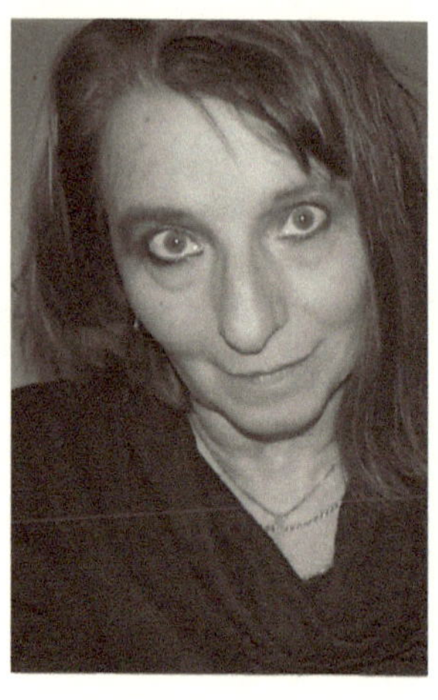

Dani Karl-Lorenz: Geboren im Herbst 1967, Mutter eines Sohnes. Verheiratet. Ihre Hobbys sind Fotografieren, Malen und Schreiben. Sie wohnt in Bayern. Hat in verschiedenen Anthologien veröffentlicht.

www.ingramcontent.com/pod-product-compliance
Lightning Source LLC
LaVergne TN
LVHW091321190726
843491LV00002B/512